ベリーズ文庫

お飾り妻は本日限りでお暇いたします

〜離婚するつもりが、気づけば愛されてました〜

華藤りえ

JN230351

STARTS
スターツ出版株式会社

目次

お飾り妻は本日限りでお暇いたします
～離婚するつもりが、気づけば愛されてました～

お飾り妻は本日限りでお暇いたします
～離婚するつもりが、気づけば愛されてました～

プロローグ

みりんと醤油、それに生姜を煮詰めるいい香りが鍋の中から漂ってくる。

ああ、和食を作ってるんだなあと感じながら、沙織《さおり》は立ち上《のぼ》る湯気から外へと視線を移す。

途端、キッチンという至極普通の風景から一面に広がる夜景が見えて、やっぱり最後まで慣れなかったと心の中でぼやく。

場所は港区《みなと》、豊洲《とよす》にほど近いハイグレードマンションの最上階。

ワンフロアぶち抜きの部屋の中でも、一番面積があるリビングに置かれたカウンターキッチンの中からの眺め。

生まれてからつい去年まで、いかにも京都《きょうと》といった和風建築や竹林に囲まれ育ってきた沙織にとって、二十四時間消えることのないビルの群れを見下ろす東京《とうきょう》の空に加え、外部からの騒音を一切許さない完璧な防音仕様の部屋の中はどこか異世界じみていて、しっくり来ない。

きらめく夜景は美しいが、十月も半ばだというのにまるで秋の気配が読み取れないのが少し寂しい。

（今の季節ですと、やはり竹林で笹が擦れる音に虫の音色あたりでしょうか）

京都の実家を思い出しつつ、鍋にブリの切り身をそっと入れた。

もう少ししたら京都のほうは雪が降って静かになるのだが、それだってこの東京の嫁いできた家ではまるで違うだろう。

この近代的なマンションの、引き延ばされた金属みたいに鋭く冷たい静寂と、京都の実家の冬にある、雪の降り積もるしんとした静けさは異種のものに思える。

多分、自分たちの結婚もそのようなものだろう。

静寂という言葉でくくられていながら、都会の静けさと嵐山《あらしやま》の奥まったところにある実家、御所頭《ごしょがしら》家の静けさが違うように、自分と夫——守頭瑛士《しゅとうえいじ》も、結婚しているものの、その有りようはまるで違う。

「今更、気にしても仕方がないことですけれど」

鍋から上る湯気を溜息で散らすと、煮汁の中でブリがちょうど良く色づいていた。

「煮魚はこれでよし」

（作り置きした煮込みハンバーグは冷蔵庫の中、他のお惣菜も入ってる）

うん、これなら一週間か十日ぐらいは、守頭ひとりでも帰ってきて温めれば食べられるだろう。

その間に新しく妻か家政婦を見つければ、問題はなにもない。

我ながら今日はがんばった。沢山料理を作ったし、掃除も洗濯もいつも以上に気合いを入れた。

味噌汁の火を止め、沙織は着物の上に纏っていた白い割烹着を脱いで洗濯に出しかけ、ふと手をとめ畳んで、それを手提げの中へと入れる。

考え事をしながら盛り付けたブリの煮物やお新香にラップをかけ、味噌汁は温めてお召し上がりくださいのメモを添えてテーブルの上。

キャリーバッグは荷造りした上で玄関の横。

「あとは、旦那様の帰りを待つだけね」

うん、とうなずいて玄関前へと移動する。

小さな段差を挟んでフローリングと大理石の床を隔てる玄関には、不似合いなほど豪華な絨毯が置かれていて、膝を落として正座した沙織の足を柔らかく受け止める。

そうしてぼうっと扉を見ていると、まるではかったようにドアが開いてひとりの男が姿を現す。

守頭瑛士、沙織の夫だ。

相変わらずの美丈夫だ。

さらりとした焦げ茶の髪や秀でた額。

なによりやや伏し目がちでまつげが影を落とす、切れ長の目元などを見て思う。

結婚当初は、こんな素敵な方と結婚してよいのかしらとときめいたものだが、一緒に出歩くどころか、まったく生活の折り合わない日々を繰り返すうちに、ほとんど心が動かなくなった。

けれど、これが最後だと思うと、なんだか妙に感慨深い。

「旦那様」

できればお写真の一枚も撮っておきたかったと。

沙織はいつもならしないが、今日は改まりたいと考え正座した。

それから自分の膝の前に三つ指をついて頭を下げる。

おかえりなさいませ、といつもなら言うはずの唇から漏れた台詞は、今日のために考えに考え抜いた離縁の言葉。

「本日をもって、人妻をお暇させていただきます」

1. 一億で買われた政略結婚

離婚を申し出た時から遡ること一年。

沙織の実家である御所頭家と言えば、京都どころか関西でも知られた旧家で、平安時代に遡れば、皇族の住まう御所を警護する任にあたっていたとか。

だから名が御所をお守りする頭。御所頭と名字を頂いたと亡き祖父が語っていた。

今を生きる沙織にとっては、「なんだか眉唾だなあ」と思う話ではあるが、先祖が信じていたなら、そうなのだろう。

ともあれ、御所頭家は古いだけに土地持ちで、それなりにお金があったらしい。

ところが昭和に入って、祖父がバブルの波に乗って投資にのめり込みだした。

最初は、あれよあれよと資産が増えて、タバコを吸う時に火を付けるため一万円札を燃やしていた(なんてバチあたりな!)と調子よくいっていたが、世の中の例に漏れず、バブルが弾けた時に、御所頭家の資産もパチンと弾けて消えた。

膨大にあった土地は借金を返すために売られ、今や高級リゾートホテルと湯豆腐屋になっていて、そこが御所頭の土地であったことさえ忘れられている始末。

なのに沙織の父までもが投資にはまった。

が、不況の最中、簡単に資産が増えるわけもない。

まるで砂山を崩す遊びのように、手元に残った資産もじわりじわりと削られる。

いよいよ堅実に生きる時が来たと目を覚ませばいいのに、父は、沙織は旧家の娘らしく育てなければ外聞が悪いと、身の丈に合わぬ名門私立小中高へと通わせた。しかも黒塗りの高級車で。

それも卒業し、女に学問は必要ないと言われ、やれやれ、これで浪費も終わるかとひと息ついた頃だった。

得体の知れない男が度々御所頭家を訪ねてきて、いい投資話だとかそんなことを父に吹き込んで――土地もお金もほとんど失ってしまい、残ったのは山奥にある和風建築の実家とそれに付随する倉が三つのみ。

年内はなんとかしのげても、これから先の生活はおぼつかない。

ならば、家を売ればいいと言われるだろうが、嵐山の奥にある、年代ものという以外さしたる価値のない家を誰が大枚をはたいて買うだろうか。

沙織は、価値があるならいっとう先に詐欺師に売られたに違いないと思う。

大きな倉も、そこにしまい込まれている家財も同様で、売るに売れない、買い手がつかないから、手元に残っているというのが正しい。

とはいえ早く収入の目処をつけなければ、沙織たち家族はともかく、運転手や家政婦、執事などの古くからいる使用人たちにまで迷惑がかかってしまう。

そう考え、倉の中にある骨董品のいくつかに目星をつけ、売って、それを元手に手堅く商売すべきだと主張したものの、女になにがわかると父に一蹴されたあげく、見合いをしろと命じられた。

――そんなわけで見合いをすることになったのだが、相手は当初、守頭ではなかった。

(どうして私、こんなところにいるのかしら)

そう思いつつ、沙織は目の前の男性を見た。

少し狐に似た顔をした男だ。

中堅ゼネコンの社長の息子で会社では専務をしているというが、架橋の設計をするよりも平安貴族をしているほうが似合っていそうな雰囲気だ。

「おい、この騒がしさはどうにかならないのか」

苛立ちも顕わな声で現実に引き戻された沙織は、困った思いで見合い相手の男とその前で身を小さくしている女性スタッフを見る。

日曜な上、人気のスイーツビュッフェをやっているからかラウンジは混んでいた。

だからか少々騒がしく、その上、女性スタッフはこの仕事に入って間もないらしく、沙織たちのオーダーを上手く聞き取れずにいた。

仕方がないことだ。二度繰り返せばいい。

なのに男は一度聞き間違えただけで眉を跳ね上げ、皿でも割られたみたいな勢いで文句を付けだし、今は店員にはどうにもならないことでクレームを入れている。

沙織たちも客だが、スイーツビュッフェに来ている女性たちも客だ。

文句を言われても困るだろうに、そもそも態度がとか、仕草がホテルに似つかわしくないとか、ネチネチと責める姿は見ていて気分がいいものではない。

(会社でも、部下に対してこんな調子なのかしら……)

だとしたら、沙織の結婚生活はなかなかに先行きが暗い。

溜息を呑み込み大丈夫ですよと店員に微笑めば、明らかにほっとした顔で頭を下げ、正しい注文を読み上げて去っていった。

(お父様が選んだ人だけど、少し苦手かも)

今日、この男と会ってからというもの、不躾な視線で舐め回すように全身、特に振袖の上に乗っかっている沙織の顔と胸元をじろじろ見ているのが不快で仕方がない。

（見て面白い顔でもないのに）

沙織はスタッフが持ってきた紅茶を受取り、表面に映る自分の顔を見て内心で息を吐く。

誰もが振り返るほどの美人でもなく、平凡というにはやや古風な顔立ちだと思う。

祖母譲りの目の大きさと黒髪の艶やかさは褒められることもあるが、他がいけない。

色の薄い小さな唇も、端が下がり気味の眉もどこか困っているようで、そのせいで優柔不断か意志が弱げに見えてしまう。

輪郭もどこかぼんやりしていて肌が白いのもあり、全体の印象がはっきりしない。

箱入りのお嬢様らしい外見といえばそうだが、そのせいで勝手に控えめだと思われることが多い。本当はそんなことないのに。

総合して、和服を着て紅やおしろいを塗ればそれなりに見えるが、洋服を着ると真昼の月のように地味でどこか場違いな印象になる。

（多分、髪がおかっぱというか、日本人形のようなのもいけないのかも）

染めたりパーマをかけてみたいが、そんなことを母に言えば、白目を剥いて倒れかねない。その後は父の大激怒と部屋か倉への軟禁が待っているのはお約束。

もっとも今日は紅葉と萩を散らした振袖に和の紅を掃いてと、見た目に合わせた化粧をしているので、いつもより少し華やかかもしれない。

（だとしても、こんなにじろじろ見るなんて）

込み上げる不快感をごまかすために、目の前に置かれた伊万里焼のティーカップを手に取り頼んだ紅茶を口にするが、飲む口元を見てニヤリと笑われれば、味も風情もあったものではない。

折角、ホテルの喫茶室のいい紅茶だというのに。

沙織は目の前の男へちらりと視線を向け、心の中だけで溜息を吐く。

場所は京都市内にある、できたばかりのラグジュアリーホテル。

プロジェクトの指揮を執って作ったと男から自慢げに話されたが、沙織にとっては居心地の悪い空間でしかなかった。

天井から下がるクリスタルシャンデリアに、ロココ調の壁紙。

飴色になるまで磨かれた優美な家具はイギリスのジョージアン風。

随所に飾られている花瓶は古伊万里風で絵付けの色や金彩が華々しくて豪華だが、少し派手すぎるように感じてなんだかくつろげない。

男と会うのは二度目だが、これでもうお腹いっぱいという気持ちだ。

とはいえ一度目は東山《ひがしやま》にある歌舞伎場で、客席を挟んだ向かい合わせの二階桟敷席でのご対面。

父親から「見合いをしろ」と言われ「いやです。働きます」と抵抗したものの、いつも通り「女が働いて稼ぎになるか」と一蹴され、部屋に戻ると母がさっきの気分転換にと熱心に誘うので、渋々ながら出向いてみれば、なんのことはない、それ自体がお見合いの前哨戦だったというわけだ。

相手側から手で示され母が頭を下げるので、親の知り合いかと沙織も頭を下げたのだが、男はもちろん、男の親もこちらに頭を下げない上、演じられる歌舞伎にはまるで目もくれず、沙織たちのいる桟敷ばかり見ていたので、変だなとは思っていた。

ともかく落ち着かないまま歌舞伎を見終わって家へ帰った翌朝、白米に味噌汁、焼き魚といつもの純和風の朝食をつついていた食卓で、〝お見合いの相手方からお前の人となりを知るため、今一度お会いしたいと連絡があった〟と父に言われ、味噌汁を吹き出しかけた。

それが十日前のこと。

（お見合いだとわかっていれば、〝ギャル〟のように騒いで台無しにして差し上げたのに）

せめてもの反抗心に、父が俗っぽいと毛嫌いする言葉を使い心の中で悪態をつく。

沙織にはどちらもたしなみはないが、正統派な料亭でこれぞお見合いという席に連れて行かれていたならば、似たようなことをしていたのは間違いない。

両親もそれがわかっていたからこその、不意打ちの見合いだったのだろう。

相変わらずのニヤニヤ笑いを浮かべコーヒーを口にする男を、やっぱり白けた気分で見ながら、沙織はさて、と思う。

どうやってこのお見合いをぶち壊してやろうか。

幸い、二度目とあって互いの両親も仲人も同席していない。

(さすがにラウンジは他のお客様のご迷惑になるから慎むとして。さて、どこで仕掛けましょうか)

そんなことをつらつらと考えていた時だ。

「では行きますか」

変な猫なで声で言われ、え？と思う。

お見合いを壊す計画を立てるのに夢中で、相手の話を聞き落としていたのか。

首を傾げれば、相手は当たり前に立ち上がり先を行く。

「あ、待ってください」

このままで帰ることはできない。なんとしてもお断りしなくてはと着物の裾を気にしつつ歩く。

先日の歌舞伎でも振袖だったというのに、今日の着物も振袖を着せられた。

家では紬《つむぎ》か小袖で通しているから、袖が邪魔で仕方がない。

見苦しくならないよう気を付けながら、早足で相手を追いかける。

どこへ行くのだろう。普通ならどこへ行くのだろう。

生まれてから二十一年、彼氏どころかデートすら経験のない沙織には皆目見当がつかない。とはいえ、まだ昼日中。

買い物かランチあたりだろう。だったら飛びっきり高いものを頼んで、こんな浪費妻はいらないと思わせればいいのだろうか。

あれこれ思案しつつ相手を追えば、なぜかホテルの出口ではなく奥へと進まれる。

道を間違えたのかもしれないと相手を追い、エレベーターホールまで来て、はたと立ち止まる。

このホテルを建築するプロジェクトに関わっていたと自慢していた彼が、迷うことなんてあるだろうか？

ひょっとしてホテルのレストランで御食事なのかなと考えていると、彼はホールの一番端にある、上層階専用エレベーターの前で沙織を待っていた。

ここに来て、なにかおかしいと気付いて立ち止まれば、相手はより嫌らしいニヤニヤ笑いをしながら沙織の横へ並ぶ。

出口は反対ですよ、と告げようとした途端、唐突に肩を抱かれてぞわりと肌が粟立つ。

「なにするんですか」

声は大きくないものの、きっぱりはっきりと批難の意志を伝えるも、相手はかまわず、それどころか沙織の肩を掴む指に力を込める。

「どうしたんですか。行きますよ、さあ」

痛みを感じるほど掴まれたのも不快なのに、あろうことか腰まで手が伸びてくる。

「行くって、どこへですか」

ホテルで話をするとだけ聞いていたのに、突然、強引にどこかへ連れて行かれそうになり沙織は驚く。

気丈を装い聞き返すが、相手はあからさまにこちらを馬鹿にした顔をして口を開く。

「どこって客室に決まっているじゃないですか。スイートを私の名前で通年予約していますから、フロントは通さなくて大丈夫ですよ」

などと言われても、まったく大丈夫な気がしない。

急速に喉が渇いてきて、沙織は思わず喉に手をあてる。

すると男は息がかかるほど顔を寄せて耳元へ囁く。

「お見合いを受けるかどうか、人柄だけじゃなく、身体の相性も知っておくべきでしょう。ねぇ？」

このまま男について部屋へ行けば、なにが待っているかはわかる。

失礼ですが、私、未婚のうちは男性とふたりきりにならないよう父から言われているのです。そう言うつもりだった。なのにまるで声が出てこない。

喉の奥に息がつっかえたみたいになって、それとは逆に背筋が冷えていき、手足が硬く緊張する。

逃げなければ。と目を後ろへやろうとすれば、先を読んだように男が口を開く。

「貴女もわからないではないでしょう。実家への融資がなくなれば貴女の父君はもちろん、母君はすぐに生活に困ることになると」

だから大人しく従ったほうがいいですよと、いい人めかして言われ、悪寒も鳥肌も止まらない。

確かに生活には困る。

母は沙織以上の箱入り娘で、いきなり狭いアパート暮らしにパートをしろと言われても、まるで対応できそうにない。

断るつもりで来たはずなのに、いざこうして脅されると、本当に断っていいのか、両親に苦労させていいのかと決意より恐怖が勝ってしまう。

ためらっていると、いらついたのか男がやや強めに沙織の背中を押す。

「ッ……」

そのまま二、三歩よろめいて、開いたエレベーターの扉をくぐるまであと一歩という時だった。

「そこでなにをしている」

辺りに響く大きな声が背後からかけられて、沙織は恐怖と困惑から現実へと引き戻される。

「な、なんだお前は……、ああっ！」

ぐいっと、沙織まで後ろによろめく勢いで男が背後から引っ張られ、その勢いのまま床へとうち捨てられる。

どさりと、重いものが落ちる音がして振り向けば、先ほどまで沙織を部屋へ連れ込もうとしていた男が尻餅をついて顔をしかめていた。

一体誰が、と顔を上げた瞬間、沙織は目をみはっていた。

とても美しい男性がいた。

男性に美しいとつけるのはおかしいかもしれないが、第一印象はそうだった。

彫りの深い目鼻立ちに加え、直線的かつ凛々しい輪郭。

眉の形も良く、男性の鋭い目元をより一層涼やかに見せている。

ひとつひとつのパーツが輪郭の中に程よく収まっているからか、まるで陶磁器人形のような麗しい容貌だ。

なにより淡く光を放つダークブラウンの髪が、男の日本人離れした容姿に華を添えていて、まるで彼だけ輝いているよう。

――こんなに見目が麗しい男性は初めて見た。

体格もよく、上背があるためすらりとして見えるが、広い肩幅と絞られた腰からストイックに鍛えているのがわかる。

年の頃は三十歳ほどだろうか。今日、話をした見合い相手より幾ばくか若く見えたが、凍えるほど冷たい眼差しが彼の年齢をわかり難《がた》くしている。

服は床に尻餅をついている男より遥かに上質で、身体の線を綺麗にひきたてるグレーの三つ揃いスーツは、職人が手縫いしたビスポーク。

頭から爪先まで非の打ち所がない眉目秀麗な男は、床に尻餅をついた沙織の見合い相手を一瞥しつつ襟を正し、それから沙織に手を差し伸べてきた。

「大丈夫ですか、沙織さん」

「え、ええ。……あの、ありがとうございます」

少し骨張った手が目の前にかざされて、沙織はつい心をときめかす。

なんて素敵な人なのかしらと、恋などには興味もないのに見蕩れてしまう。

「沙織さん？」

「あ、大丈夫です。ちょっと、驚いてしまって」

まだドキドキが止まらないのはいい。

けれど相手に手を差し伸べさせたままでいるのは失礼と気付き、沙織はちょんと指先を男性の手の平に載せ、そこで相手が自分を、お嬢さんとか貴女とか呼ばずに、〝沙織さん〟と名前を呼んでいることに気が付いた。

（こんな方、知り合いにいたかしら）

記憶を巡らせるけれど、まるで覚えがない。

むしろこれほど容姿に恵まれた人物であれば、女性であれ男性であれ記憶に残りそうなものなのに。

だとしたら、父か母の知り合いだろうかと首をひねった時だ。

「だ、誰だお前は！　なんで僕の邪魔をする！」

怯えを怒りで覆い隠した感情的な声が、沙織と男性の対話を邪魔する。

途端、男性はさりげない仕草で沙織の肩に手を回し支えながら、心底冷たく突き放すように言った。

「私は守頭瑛士だ。なんで邪魔をするだと？　見合いを断るのを知って、その前に沙織さんによからぬことをしようと企んでいたお前に聞かれても、困るな」

え、と小さく声が出る。

突然、守頭から引き寄せられ、ドキリと胸が跳ねた。

不思議だ。

お見合い相手である男から同じことをされた時は、悪寒と嫌悪しかなかったのに、守頭からされてもなんら不快感がない。

どころか安堵さえ覚えてしまって、緊張していた手足からわずかに力が抜ける。

（助けていただいたから、かしら）

不思議に思っていると、見合い相手であった男が口をわななかせた。

「ど、どうしてそれを」

「どうしてもなにも。悪い仲間とお喋りがすぎたな。……見合い相手の親と条件が折り合わず断ることになりそうだが、その前に味見をしてやろう。どうせ相手は金目当てで強引に迫れば断れない。と。箱入りお嬢様の味を確かめてきたらまた話してやるとも言ったそうだな。下種が」

ここにきて、沙織は自分の置かれた状況を薄々と理解した。

お見合いはしたが、相手が融資の額の大きさに怯んだのか、それとも、もとから義理だけでお見合いしていたのか。

ともかく縁談を断る腹づもりだったのに、それを黙っておき、沙織をいいように扱い弄ぼうとしたのだと。

見合い当日は歌舞伎の場であり、互いの席に距離もあったためになにもできなかったが、それを逆手にとって、ふたりきりで話をして人となりを知りたいなどと、いかにも乗り気であるように見せかけ、騙そうとしていたのだと。

理解すると同時に、怒りがふつふつと腹の底から沸いてくる。

（なんて人を見る目がない！）

目の前の男に対してもだが、そんな腹づもりを持っていることも見抜けず、お見合いを許し、ふたりで出かけるよう計らった父に対し思う。

これだから騙されるのだ。そのくせ、沙織が人を選ぶべきだと主張すると、すぐ、女子どもが口を出すなと相手にしない。

もちろん、自分を騙そうとしたこの見合い相手にも腹が立つが、どちらかといえば愚かさに対する呆れが勝ってしまう。

ここまで事がバレては、二度と沙織に関わろうと思うまい。いや、本人が関わろうと考えても、互いの親がそれを許すまい。

沙織はもちろんのこと、相手もそれなりの家柄。

今後も社交界や財界での付き合いを必要とするなら、醜聞は避けたいところだろう。

（それに、こんなことをしたとあっては、縁談もよい方が来るとは思えませんし）

などと考えていた沙織を肯定するように、守頭が追撃の言葉を放つ。

「秘書に手を出し妊娠させながら、他にも浮気して、さらに親から言われた見合い相手にも手を出そうとは……救いようがないな」

いいながら、胸ポケットから出した写真をばらまく。

そこには男と半裸の女性が抱き合う写真が写っていた。それも複数の女性と。

「な、な、なんでそこまで」

お見合い相手はあわてて写真をかき集め、自分のスーツのポケットに突っ込むが、意味があるとは思えない。

今時写真など、何枚でもプリントアウトできるのだから。

相手もそれに気付いたのか、始末が悪そうな顔をしつつ沙織たちを威嚇する。

「こんなことをしてただで済むと思うなよ！　僕にこんなことをしたと知ったら……」

「もとより見合いを断る気だったのに、今更、それで脅す気か？」

先を守頭に封じられ、うぐっと男が変な声を出す。

「そ、それでも、実家への援助は」

「ああ、それなら心配はいらない」

涼しい顔をして守頭が告げ、わずかに指に力を込めて沙織を自分のほうへ抱き寄せ宣言した。

「お前の家が提示した倍の金額で、この見合いは買い取らせてもらう。……今後、私の婚約者に、沙織さんに近づくようなら、一切容赦しない」

見合いを買い取らせてもらう。という守頭が放った衝撃の台詞に驚かされた沙織は、呆然とする元見合い相手を一瞥する守頭に促されホテルを後にした。

「自宅まで送る」

「……あの、恐縮ですが、見合いを買うという話は一体」

先ほどの流れを思い出し、疑問に思っていたことを口にすると、守頭はさっとホテルの周りに目を走らせ、沙織に囁く。

「ここで話すような内容じゃない。詳細は車の中でもかまわないか」

それもそうだ。公共の場所で私的な話はしづらい。

自宅を知っているということは、父の知り合いだろうか。そんなことを考えつつ、促されるまま運転手が開いてくれた車のドアをくぐり、守頭と並んで後部座席に座る。

木目パネルが張られたリムジンの車内は広く、静かにクラシックが流れる、落ち着いた空間だった。

通常、冷蔵庫がある場所にはパソコンらしきものが設置されており、そのモニターがどこかの株取引の様子を映しだしている。

ひとりがけのシートは、恐らく子羊だろうスキンレザーを張ったオフホワイトで、そこの座面にもタブレットパソコンが置かれていて、ふたりが並ぶ席の間には、飲み終わったコーヒーのカップとソーサーがあった。

「失礼」

言いながら、沙織の目の前からたちまち白磁のコーヒーカップを片付けてしまった守頭は、そこに仕事中だっただろうタブレットパソコンを置いてからシートに身を沈める。

「リクライニングレバーは窓側にある。帯が当たるようなら、少し倒すといい」

言われ、そうですねと応えて手を伸ばし、そこで守頭が見た目の冷淡さに反して、案外気が回ることを知る。

今日のお見合い相手はまるでそんな気を遣ってないのに、沙織が和装で、しかも動きづらい振袖でいることにさりげなく注意を払ってくれているとは。

きっと仕事も几帳面で細やかなのだろう。

そう思いつつ相手を見ると、なぜか守頭はわずかに目を泳がせ、ついと視線を窓の外に向ける。

沙織もいきなり本題では失礼かと思い、同時に自分の気持ちを落ち着けるため外を見る。

車は京都の市内を緩やかに進んでいた。

九月といえどまだ残暑が厳しいのか、扇子や団扇を持った人が多い。

紅葉の季節まではまだ少しあるというのに、観光客や外国人旅行客らしき人も多く、四条通りの道沿いは人の流れが途切れない。

車は八坂神社前の相変わらずの渋滞に引っかかり、進んでは止まりしていたが、やがて京都最古の神社である松尾大社の赤い鳥居と鈍色が視界に入りだす。

沙織も知る景色が増えてくるにしたがって、幾分か気持ちも落ち着いてきて、今日の出来事を冷静に振り返れるようになった。

「あの」

恐る恐るといった調子で声をかければ、相手は身じろぎしないまま、視線だけ隣に座る沙織へとくれる。

が、そのままいつまで待っても返事がないので、勝手に質問を進めさせてもらうことにした。

「私のお見合い相手……、いえ、秦《はた》家が提示した倍の金額で、この見合いは買い取らせてもらうと仰ったのは、あれは冗談といいますか、その場限りのはったりですよね？」

「冗談でもはったりでもない」

「はい？」

「冗談でもはったりでもない。君の家が秦家に要求した結納金の倍である一億、それから毎月の援助、君の生活レベルの維持、その他諸々を条件に、君のお見合いを買い取らせてもらうつもりだ」

淡々と、まるでビジネスのことを話すように説明され、目を瞬かす。

「どうして、ですか？」

「……御所頭家の名前が欲しい、と言ったら？」

「御所頭の名前、ですか」

質問に質問で返され、沙織は軽くうなりつつ考える。

確かに沙織は御所頭家のひとり娘で、その婿は御所頭家の財産も継ぐことにはなるが、今の状況では入ってくる土地や建物の金額より、支払う相続税や売却の手間などデメリットしかない。

「つまり、御所頭家の持つ人脈を頼りになられたいと？」

「話が早いな。そういうのは嫌いじゃない」

ふ、と笑いをこぼし相手がうなずく。

「ですが私と貴方は初対面では？」

反論されると思わなかったのか、それとも違う理由か、沙織の疑問が終わるや否や、彼の眉間が狭まって形のよい眉尻がぐっと上がる。

「見合いなど、初対面と初対面で行うことが当たり前じゃないか？」

「それはそうですけれど」

「だったら、なんの問題もない」

言われ、沙織は目を瞬かす。

(問題、大ありですけれど)

見合いとは、縁が繫がるかどうかを確かめる、または紹介されて顔を合わせる場であって、そこから婚約、結婚と進むものもあれば、破談となるものもある。

が、この金額だ、倍の金額だ、でやりとりされるものではないだろう。

もちろん、沙織の家が旧家であることや、財政状態がよろしくないことを考えれば、お金を出して家名を買う——彼が言ったような政略面での結婚もあるだろう。

けれど、もう少し違う言い方はできないものか。

そもそも財政状態がよくないと言っても、それは家や倉にある美術品に買い手がつきにくいという事情によるもので、その気になって死に物狂いで買い手を探せば、どうにか返せる金額だ。

実際、沙織も最初はそう提案したのだ。

今の暮らしを諦め住み替えし、父と沙織が働いていけば、親子三人ならなんとか生きていける。

使用人や執事などは解雇せざるを得ないが、長らく京都の旧家である御所頭家に仕え、四季折々の行事や来客のもてなしに精通している彼らのことだ。紹介状さえあれば同等か今以上の待遇で再就職は可能だろう。

（実際、執事の松尾《まつお》は何度かホテルや他家から、引き抜きの声がかかったようですし）

お嬢様の耳に障るお話ですから。と詳細を明かしてはくれなかったが、銀縁眼鏡に総白髪と、執事と聞いて誰もがイメージする外見だろう紳士は、いつも通りの微笑みを返してきたのを思い出す。

執事の松尾だけではない。家政婦として料理の腕を振るう富子《とみこ》さんだって、山の伐採と庭師を兼ねる者たちだって、あちこちから声がかかってなお、昔から仕えているからのひと言で、御所頭家に留まっている。

そんな彼らと別れなければならないのは辛いが。

（人間、食べなければ生きていけませんし）

見栄や格式などで空腹は満たせない。それが沙織の持論である。

「お言葉ですが。……私の婚姻について、まるで猫の子を売り買いするがごとく進められるのは不本意です」

「借金を働いて返す、とでも？　どうやって？」

「それは普通に、就職試験を受けて、面接を受けて、ですね」

そこまで言うと、やれやれと頭をふられ、ようやく顔を向けられる。

「そうは言っても、貴女の学歴は高校卒業だろう。確かに名門校ではあるが、それだけで雇ってくれる会社はない。しかも卒業して三年経っている。他のライバルが大学に行ってスキルや社会性を身に付けている時、君がなにをしていたかを具体的に示すデータはあるのか。もちろん、個人の感想ではなく、世間的な資格だとか、だ」

ぐうの音も出ない。

沙織はもちろん、高校三年当時の担任も大学進学を望んでいたが、父が首を縦に振らなかったのだ。

代わりに、花嫁修業とばかりに茶道や華道、日舞に習字と習い事をめいっぱい詰め込まれたが、それらの免状がビジネスに役立つとは思えない。

「それに、君と君の父上が考えるほど簡単な話ではない。働いて返せるものといえば、精々、利子ぐらいだろう」

いかにも仕事ができるといった雰囲気の男から言われ、沙織が返事に詰まっていると、彼はまるで不愉快な会話を打ち切りたいといったそぶりでこう言った。

「そもそも、君に断る権利などない」

確かにそうだ。

法律上では婚姻の自由が定められているものの、今回は実家の借金を返すために行う結婚、政略といえば聞こえがいいがいわば身売りである。

ここで彼の申し出を蹴ったとして、どうせすぐ父が縁談を探してくるに違いないし、三度目ともなれば断るのも難しくなるだろう。

どうするべきか。考えれば考えるほど手詰まりな気がする。

（こういうときは、視点を変えて考えたほうがいいかもしれない）

華道でも、一方向から見て花を生けていてはバランスが取れない。それと同じように、いろんな角度からこの結婚がどんな意味を持って、どうすべきか考える必要があるのではないか。

——だとすると、最初に知るべきことは。

「断る権利がないとおっしゃいますが、先ほど申し上げた通り、私は貴方のことをなにひとつ知りません。どこの誰でなにをしているかぐらいは教えていただかないと」

伝えた途端、男は意外そうに目を大きくし、それからわずかに口角を上げて笑う。

（わ、……いきなりその表情は反則です）

ほとんど表情筋が動かなかったくせに、こんな風に不意打ちで微笑まれればドキッとしてしまう。

どこか面白げに目を細められ、沙織は心臓が逸りだすのを感じつつ息を詰める。

「私がどこの誰で、なにをしているか、か」

低く滑らかな声で言われ、変に気持ちが浮つきだすのを、袂に手をやることで抑えていると、守頭はシートの腕掛けを人差し指で軽く二度弾いて続けた。

「第一に、私の名前は守頭瑛士だ」

これで自己紹介が終わったと言いたげに、彼は続けた。

「第二に、仕事は投資会社を経営している。取り扱っているのは企業買収と個人および企業の投資のコンサルティングだ」

「企業買収……」

個人や企業の投資をコンサルトする——相談に乗るイメージがついたが、企業買収がどう投資に関わるかわからず呟けば、彼は淡々と説明をした。

「企業を買収し、内部を改善あるいは改革し、元の状態より価値を高め利益を出すようにして、別の会社に高く売却する仕事だ。……年収まで言ったほうがいいか？」

からかうように付け加えられ、沙織は頭を振る。

顔を見たこともない小娘を花嫁として一億で買おうとすることや、スーツや靴などの身なり、リムジンおよび、運転手から仕えられることを自然に受け入れている様子から、それなりの金持ちなのだろうことはわかった。

「京都の方ではありませんよね？」

投資家として成功しているなら経済界やその関連するパーティーで名を聞く、あるいは顔を合わせることもあるはずだ。

特に守頭ほど見目よい男なら、若い女性は花嫁にと騒ぐだろう。にも拘わらず沙織は噂ひとつ聞いたことがない。

足を悪くしている父は出歩きたがらないが、招待されれば観劇にコンサート、パーティーにと顔を見せ、時には沙織を連れて行くこともある。

が、沙織の実家である御所頭家と交流のある財界や社交界は、関西のものがほとんどだ。

テレビに顔を出すような企業団体に名を連ねているのでなければ、地元の名士や旧家は、そのエリアの社交界から外に出たがらない。

自分の縄張りでしか自分の名前が通じないことを知っているのと、幅広く顔を売るのは成金がすることと考えている節があるからだ。

沙織の推理が正しいというように、守頭はうなずいた。

「普段は東京を拠点にしている。もっとも、夏場は仕事でヨーロッパのほうに足を運んでいることが多いが。あとはシンガポール。たまにアメリカか」

金の流れに国境はないからな、と言われ、なるほどと思う。

「だから守頭様は私を花嫁にしたいとお考えなのですね。社交界に縁を繋ぐため」

やっと沙織の中で話が繋がった。

そう思い確認すれば、守頭はわずかに眉を寄せ、考えるそぶりを見せた後、やっぱり淡々と感情のありかがわからない調子で答えた。

「君のお父上は関西の社交界にしか顔を出していないようだが、京都の御所頭家と言えば平安時代まで遡る家柄。君と結婚すれば、当然、いろんな名家や資産家から社交の場に招待されることも増える。それは、私のビジネスにとって金より重要なことだ」

個人の投資コンサルタントもしていると聞いた。なら、多少のお金持ちを相手にして小銭を稼ぐより、古くから続く家につなぎをつけて、大きく賭けたほうが儲けが大きく、顧客管理や事務の手間も省けるのだろう。

「なるほど」

納得した沙織が何度もうなずくのを見て、守頭はもう説明は終わったと言わんばかりに窓の外へと視線を移す。

(一億円を出す価値が、あるのでしょうか。私の、いえ御所頭家の名前に)

わからない。

だが、古くから続く家で、繋がりが細くなったといえどあちこちに伝手があるのも事実だ。

そして、海外に軸足を置く守頭にとって、日本の保守的な財界や社交界が手強いだろうことも理解できる。

だが、本当に、自分の結婚にそれだけの価値があるのか、守頭と結婚していいのか、沙織にはまるでわからない。

彼の横顔に視線を留めていると、車窓に流れる景色に竹林がまじりだし、白壁に瓦を葺《ふ》いた高い壁が現れだす。

そのうち黒い木の門扉が見え、執事の松尾が白い手袋を嵌めた手で恭しく木戸を開け車を迎え入れ、沙織は自宅へと帰り着いた。

執事の松尾自ら車を迎え入れたことから、父が守頭を客として重要だと考えているのがわかった。

通常であれば、一見の客は誰かの紹介でもなければ、玄関どころか木戸もくぐれず、二度、三度と訪問を繰り返し、門扉を管理する家政婦の富子さんが認めなければ、家の敷居をまたげないし、またげたとしても玄関対応になることが多い。

そんな家であるにも拘わらず、守頭は初対面（少なくとも沙織は、だ）なのに執事に出迎えられ、さらに応接室にまで案内された。

父の書斎と応接室がある西の奥は、女子どもの出入り厳禁となっているので、沙織が中の様子をうかがうことはできなかったが、夕方になって初めて家で一番格式が高い応接室へと招かれた。

沙織が幼い頃に改築したという応接室は、この家には珍しく洋間だった。

濃藍の壁紙に重厚な暖炉、灰色の絨毯。

折り上げ天井にシャンデリアがある応接室には、守頭と、着物に袴といった純和装スタイルの服装で腕を組み、いかつい表情をした初老の男——沙織の父が、向かい合って座っていた。

沙織がソファに近づくと、それまで物音にさえ気付かないといったそぶりで守頭と顔を突き合わせていた父が、こちらを向いて命じた。

「話が纏まった。沙織、この方と結婚しなさい」

言い方は穏やかだし口調も普段と変わりないが、眉間に寄った皺が不本意だと伝えている。

「いきなり結婚と言われましても」

「式まで、守頭君は可能な限りこちらへ通ってくださるそうだ」

沙織の戸惑いを見事に無視して、父は勝手に話を進める。

「式は十一月の第三日曜日あたりか。……婚姻後は東京に住むことになるからその心づもりで身辺を整理しなさい」

まるでこちらの意見を聞く気がない。どころか目も合わせようとしない。まるっきりいつも通りだ。

沙織と父の関わりといえば、いつもこんな風だ。

御所頭家の娘として、どこに嫁いでも恥ずかしくない教養と知識を備えられるよう、ああしろこうしろとの口出しは多かったが、手を上げられたことはない。その代わり褒められたこともない。

どうかすると他人のほうが身近に感じるかもしれないほど、父娘の間柄は希薄だ。

(どうせ余所に嫁ぐか、家のためになる婿を招く駒としか考えてないのでしょうし)

沙織が高校卒業する時、大学進学までと教師に乞われていたのを一笑に付し、〝あれは嫁にやるのだから〟のひと言でおしまいにしてしまったことから明らかだ。

そして、こうやって、沙織の知らない間に結婚相手が決められるだろうことも理解していた。

（せめて、お見合いならお見合いで、幾ばくかの候補の中から合う方を選んで、それなりの準備期間を経て、人柄を知ってからが望ましかったのですが）

冷淡とも言える親子のやりとりを、それ以上に冷淡な目で見つめている男——守頭をちらりと見て、沙織はこっそり息を吐く。

嫌味なほど整った顔にはなんの感情も見えない。

なのに、その金茶まじりの瞳で見つめられると心の奥底まで見抜かれているようで、なんだか居心地が悪い。

この男と結婚するのか。と自分に問う。

そもそも沙織は外見の美醜にさほど頓着しないたちだ。

清潔感があり場に合わせた装いができる常識があれば、あとは望むことはない。

父に取っては第一に重要だろう財力だって、沙織はあればいいがなくても困らないと考えている。普通の暮らしができればそれでいいと。

浮気については、別に好き合って結婚するわけでもないのだから、目をつぶるべきだろう。

もちろん、沙織は不義を働く気はないが、守頭なら女性から言い寄られることも多いだろう。

彼が浮気するかは問題ではない。

ただ、人として誠実であってほしいとは思う。

今日、沙織を部屋に連れ込もうとした元見合い相手のように、騙したり、物のように扱われるのは嫌だ。

それに対して、守頭は答える義理もない上、貴女は黙って従えばいいと言って黙らせることもできたのに、律儀に沙織の問いに答えてくれた。

だとすれば、夫婦として仲睦まじくは無理だとしても、人としてともにあることはできるのではないか。

(ここで強情を張って断って、彼よりいい人が来るかといえば、多分ない)

落ちぶれかけている旧家の娘を嫁がせるには、勿体ないほどの相手だ。

初対面で助けてもらった時は、少なからず心が動きときめいた。

それは嘘じゃない。

年齢だって政略結婚というわりには離れすぎてない。恐らく、八つか、多くても十離れているぐらいだろう。

——人生、時には賭けも必要だ。

（虎穴に入らずんば虎児を得ず、ともいうし）

結婚という虎穴に入ることで、今より自由になれる可能性があるのなら、代わり映えのない、父の決めた通りの毎日が終わるのなら。

「この結婚、謹んでお受けさせていただきます」

覚悟を決め、沙織が言った途端、守頭が目を和ませたような気がした。

きっと契約書にサインでもするように、そつなく、淡々とうなずくだけだと思っていた沙織は、不意打ちの表情に目を瞬かす。

その間に守頭がソファから立ち上がり、流れるような仕草でポケットに手をいれると、濃紺に金の箔押しでアルファベット二文字が刻まれたリングケースを取り出した。

ダイヤモンドの売買で有名なアメリカの五番街に本店を置くハイブランドのものだ。

それを菓子箱でも扱うみたいに気負いなく手の平に載せ守頭が蓋を開けば、無限を表すねじりがふたつあるフレームの中央に一カラット以上はあろうかというダイヤモンドがはまった指輪が姿を現す。

フレームにもメレダイヤがびっしりと埋め込まれたそれは、百合の房花をイメージしたシリーズのもので、三百万はくだらない。

周囲の光を受け、まぶしいほど輝く白銀の宝飾品に沙織が目を細めていると、いつまでも手を伸ばさないことに焦れたのだろう。

守頭が沙織の左手を取って、実に恭しく薬指に婚約指輪を嵌めてしまう。

なんて準備がいい男だろう。

不埒なお見合い相手から沙織を救い出しただけでなく、父と話を付けるだけの取引材料を用意したあげく、指輪まで揃えているとは。

どれほど自信家なのか、それとも断られないだけの周到さを持つ策謀家か。

恐らく両方だろうと、自分の指にぴったりと収まった指輪を見つつ考えていると、不意に手首を引かれ、沙織はよろめき一歩前に出る。

「あっ」

声をあげたと同時に守頭の手が沙織の肩を支え、大丈夫ですかと声をかける。

自分から引っ張っておいて、なにをと戸惑うその耳に、不意に男の顔が近づく。

どきりとして身を竦ませたと同時に、深い森に迷い込んだような緑と冷たい霧をイメージさせる香りを感じ、それらは鼻孔に入った途端、乾いたレザーと百合に似た匂いに変化する。

とてもミステリアスかつドラマティックなコロンの香りに、まるで酩酊したように頭がくらりとした瞬間だった。

どこか笑いを含んだ低い声が、沙織にしか聞こえない囁きでこう告げた。

——「これで、貴女は私の妻だ」と。

2. 一億返せば離婚できますか？

縁談が纏まってから結婚まで、飛ぶように日々が過ぎた。

その間、三度ほど守頭が訪ねてきたが大して会話は弾まなかった。

というのも両親を交えた結婚後の引越の日程、手続きなどの話し合いばかりで、沙織は同席していたものの、ほとんど蚊帳の外だったからだ。

婚礼衣装についても仕立てる時間などない上、披露宴を行う余裕もないため式は挙げないことが決まった。

一度は、ウエディングドレスを着てみたい。普段から和装が多い沙織はそう思っていたが、家の財政事情的にも時間的にも厳しいことはわかっていたので諦めた。

結局入籍日だけ決まり、その日までに引越の荷物をまとめ、東京にあるという守頭のマンションへ送っておいた。

当日、守頭は相変わらずの三つ揃いスーツで沙織を迎えに来た。

そのまま応接室で婚姻届を書いて、両親への挨拶などをしていたら、あっというまに出立の時間となっていた。

彼の第一秘書とかいう男性を従えてリムジンで空港へ。

そこから飛行機に乗って東京へ着いたのは夕暮れ時で、守頭と住むことになっている家である、ハイグレードマンションとやらへ足を踏み入れれば、見慣れぬ都会の夜景が冷たく沙織を出迎えた。

室内は結婚当日だからといって飾られてはおらず、シャンパンを飲むかと聞かれたが、それはワインセラーに常備されている一本でしかない。

この時点ですごく眠かったのだが、それでも今夜は初夜だからと我慢し、眠気覚ましに湯を使わせてもらい、相手が湯を使っている隙にバスローブからに亀甲模様が透かしで入った純白の長襦袢《ながじゅばん》——寝衣とも言う——に着替え、寝室で待っていると、沙織が心配になるほど守頭は大きく目を見開き、それから額に手を当てて大きく溜息をついて言った。

恋も知らないお嬢様を抱く気はない、と。

直後、「客室を使うから、君はそこで」と告げると、さっさと回れ右をして、部屋を出て行った。

初夜がなくてほっとした。

曲がりなりにも夫婦なので、求められるかもと緊張していた。

正直に言えば長襦袢の下で膝が震えていた。

だけど断る権利は沙織にはない。そう覚悟したのに、結局、彼は、沙織が離婚を決意するその日まで、初夜どころかキスひとつしなかった。

期待しなかったと言えば、嘘になる。

突然の初夜に緊張し、怖いと思ったことは事実だが、守頭に対して悪い印象はない。どころか、助けてもらったことに対する恩義や嬉しさはあったし、きちんと沙織に事情を説明してくれた誠実さにも好感があった。

だから、日々を重ねれば歩み寄れて、普通に恋して結婚した夫婦のように、そこまで行かずとも互いを尊重し合い、敬愛できる関係にはなれるのでは？と期待もした。

けれど、それは間違いだと、日々を重ねていくうちに理解した。

「貴女は今まで通り変わりなく、好きに暮らしていい」と初夜未遂の翌朝伝えられた通り、沙織の生活は、京都にいた頃とそう代わり映えのないものだった。

実家に多額の融資をしてもらっている身でお金がかかる習い事を続けるのはと戸惑ったが、「貴女の父ともそういう約束だ」と守頭に言われた。

すぐ実家の父に電話をすれば「いい嫁でいられるように、東京の社交界で見下され、これでは不要と思われ離婚されないように、教養と自己鍛錬の礎となるお稽古事は続けさせてくれと頼んだ」という。

その上、「とにかく守頭の言うことはなんでも聞け」と言われて電話を切られてしまった。

融資をされていて、それが切れたら立ちゆかなくなるからだろうと推測できるものの、そこは遠慮すべきではないだろうか。

とはいえ、父と夫から言われた上、慣れぬ東京の地へ来たばかりで、知人もほとんどいないという状況ではなにもできず、仕方なく、お茶に華道、日舞に習字のお稽古と日替わりに習い事へと通い、帰ってきてからは掃除に洗濯、食事づくりと主婦として家事をこなす。

当初は、守頭が雇っていた家政婦が三人ほどいたが、ある日彼の第二秘書だとかいう女性が来て、「そもそも借金があるのに、家政婦を使うのは無駄ではないか」と守頭の意向を伝えてきて、結婚翌月から家事は沙織ひとりの仕事となった。

それはかまわない。

実家にいた頃も、たとえ富豪に嫁ごうとも、京女はひと通りの家事をこなすべし。という父の古い考えの元、あれやこれやは教えてもらっていたし、身の回りのことはもちろん、普段着ている着物の着付けだって特に人の手を要さない。

むしろ京都にいる頃と違って、社交だお茶会だ観劇だと引っ張りまわされない分、暇だったし、汚れが落ちたり食べ物ができていくのは存外楽しく、洋風建築で生活するのは初めてという物珍しさも手伝って、家事は沙織にはいい暇つぶしになっていた。

どちらにしても、主に住んでいるのは自分という意識も、あったと思う。

守頭の仕事は忙しく、帰宅は常に深夜。

土日は大体翌週の出張にそなえ移動日とし、飛行機の中で連絡も取れずで、いるかいないかもわからない。

ごく稀に早く帰ってきても、不機嫌そうな顔で着替えてどこぞのパーティーやらなんとかの集いやらに出かけてしまう。

御所頭の名が欲しくて自分と結婚したのだから、パーティーには自分を連れて行けばいいのにと思うが、秘書を通して断られるばかり。

作った食事が減っているので、帰ってきているなとわかるが、夫婦の寝室はもう沙織専用で、なぜか家の主である守頭が客室を使っている。

一度本人に、部屋を交換しましょうかと申し出たら、彼は「玄関が近いほうがいい」とそっけなく言い捨てて、それで話はおしまいになった。

——結論、東京に放り出されて、ひとり暮らししているのと変わらない。

だとしたら、なにが京都と違うのだろう。

お稽古事に家事、終われば寝て、起きて翌日もお稽古事。

一緒に食卓を囲むでもなく、出かけるでもなく。夫婦でいる時間はほとんどない。

わかり合えると思ったのは、自分の甘さだったと後悔もしたし、このまま死ぬまで同じことの繰り返しかと思うと、すべてが虚しいとさえ思えた。

知らない土地、知らない夫、なのに日常は京都にいた頃と変わらず、習い事と家事だけで一日が終わってしまう。その繰り返し。

日々が重なり年となって、やがて老いていくのかと思うとたまらない。

このまま、なにも変わらず、できずに終わるのかと、習い事の帰り、いつも通りに車で運転手に送られながら、京都とはまるで違う東京の景色を、水槽の向こう側でも見るような目で眺めていた時だ。

女子大生とおぼしき一団が笑いながら歩いているのが見えた。

御所頭の家に生まれていなければ、嫁いでいなければ、自分もああして勉学や友人たちとの時間を楽しめただろうかと溜息を吐き、そんな自分の顔が窓に映った。

――変わらないのは、違う。

ふと頭にその言葉が浮かんだ。

そうだ。変わらないのは違う。できないのは違う。

（変わらなきゃ、やらなきゃ）

ふつふつと、まるで深い水底から泡が浮き立ってくるように、小さな衝動が沸き起こる。

それは時間とともに大きくなっていき、沙織は自分ではっきりと決意する。

変わろう。やろう。

自由になるため、やりたいことをやるため。

与えられるものをただ受け入れるだけの人生は終わり。これからは自分で生きていこう。そのために自由になろう。

そう考えた時、最初に浮かんだのは守頭との実体のない結婚生活を終えること。

つまり、離婚だった。

だから言ったのだ。「本日で、人妻をお暇させていただきます」と。

（まあ、私ったら。お帰りなさいませ旦那様、が先だった）

守頭の帰宅を待つ間つらつらと今までのことを考えていたので、肝心なところで間違えてしまった。頭の中では何度も流れを練習したというのに。

気付いた沙織は、顔をあげつつ手を口に当てる。

すると、目の前で守頭がぽかんとして沙織を見ていた。

他の人がすれば間抜けな表情だろうに、この男だとそれさえも格好いいと思えてしまうのは妻の欲目だろうか。あるいは美形の特権なのか。

そう考えつつ沙織は守頭の顔をじっと見つめ返す。

緩く波打つ焦げ茶の髪をビジネスマンらしくきっちりと後ろへ流した頭。

それでも仕事終わりでヘアスタイルが乱れたのか、ひと筋、ふた筋の髪が形のよい額にかかっているのが、なんとも悩ましげ。

朝はいつだって鋭くくっきりとした目も、今は疲れているのか、どこか物憂げに閉ざしがちとなっていて、それがまた得も言われぬ気を出していて。

総合してとてもイケメンだ。

(あら、私ったら、イケメンなんて言葉を使うなんて)

そんなことを知っていると話せば、実家の父が卒倒するだろうと思うと、なんだか可笑しくなって、ついふわりと微笑んでしまう。

だが笑っている場合ではない。

言うべきことは伝えた。あとは荷物を持って出ていくだけだ。

よいしょ、と内心でかけ声をかけつつ正座から流れるように立ち上がる。

こういう時、日舞と茶道を習わされていてよかったと思う。そうでなければ、緊張で膝が揺らいでしまったろうから。

「それでは、ごきげんよう。元旦那様。離婚届はテーブルの上にございますので」

伝え、玄関にあらかじめ用意していたキャリーバッグに手を伸ばす。

当面の宿泊先である、マンスリーマンションの手続き時間も終わりに近い。

（急いで外に出てタクシーを捕まえないと）

などと、考えていられたのもそこまでだった。

あと三センチでキャリーバッグのハンドルに指が触れるというその時、唐突に元夫として、――いや、まだ離婚届を出してないから夫なのか――守頭が、沙織の手首を掴む。

「ちょっと待て」

普段着にしているミルクティーのような胡桃《くるみ》の結城紬の袖が揺れ、自分の手首が掴まれているのを見て沙織は目を瞬かす。

「お暇とはどういうことだ、離婚届もなんの真似だ」

少しうろたえた風な表情で守頭が言うので、沙織はふむ、と考え伝えた。

「人妻を終了するということです。つまり、離婚ですね」

言った途端、守頭が大きく目をみはり、信じられないという顔をする。

家事をする人がいなくなるのを心配しているのかなと思い、沙織は口を開く。

「あ、晩ごはんでしたら、一週間分作り置きがあります。温め方はメモ通りに。それとも、離婚届に不備がないかご心配でしょうか？」

それでしたら、知人の弁護士に確認し、問題ないと太鼓判を押していただいておりますので、と続けようとした時だ。

「違う、そうじゃない」

「でしたら、ええと。洗濯は全部終わっております。寝室の分は除いてですが」

さすがに妻とはいえ、旦那がもっとも無防備になるプライベート空間に足を踏み入れるのははばかられる。それも伝えたほうがいいだろうかと小首を傾げた時だ。

「なんで、君と離婚しなければならない」

守頭は額に手をあててなぜか沈痛そうな顔をする。

「君は、この結婚をなんだと思っているんだ」

言われ、沙織は今度こそ、内心で台詞を吟味して続けた。

「それはもちろん、借金のカタでございますでしょう？」

「ちが……」

守頭がなにか言いかけた時、彼のスーツの胸元から電話の着信音が鳴る。

あ、この音は会社から、社長直通かつ緊急となっている音だなと思っていると、守頭は忌々しげにポケットからスマートフォンを出す。

通話先から秘書らしい女性の声で「社長」と聞こえるや否や、続きを遮る。

「後にしろ。今はそれどころではない」

焦りを滲ませた様子で返事も待たず電話を切る守頭を見て、沙織は目を瞬かす。

(こんな旦那様は初めて見ました)

いや、仕事中ならこういう表情もするのだろうか。

ともかく、言葉少なく、なかなか顔を合わせないながらも、沙織が家のことや予定について尋ねると丁寧に聞いて答える守頭が、話を遮り電話を切ってしまうなんて。

瞬きを繰り返していると、守頭が真剣な表情をして口を開いた。

「ともかく、話を聞かせてくれないか」

有無を言わせない気迫に押されうろたえる。

居ても居なくても変わらないような生活をしていたし、顔を合わせるのも週に一度だった。

食事を一緒に摂ることは何度かあったが、会話が弾んだことはなく、あったことを報告、承認するみたいな堅苦しいやりとりがあればいいほう。どうかしたらお互い無言で食べていた。

もちろん、食事を美味しいと褒めてもらったこともない。

だから、沙織が出て行くことを、こんな風に反対されるとは思ってなかった。

「ええと、それでは……食事をする時間だけ、なら」

話すことなんてそんなにない。今までだってそうだったのだから。

(マンスリーマンションの受付には間に合いませんが、ビジネスホテルならチェックインできますし。今日のところはそれでしのげば)

引っ越して家を借りてと考えると余計な出費は手痛いが、最後になるのだから話ぐらいはしてもいいだろう。

そう考えて、沙織はキャリーバッグを置いてリビングへと戻る。

守頭の分と、冷蔵庫から出した作り置き——自分の分——を盆に載せ、ダイニングテーブルに運ぶと、不可解と困惑をないまぜにした表情で守頭が沙織を見つめてきた。

ああ、この人はこういう表情もできるのだと、今更に新鮮な思いで見つめ返していると、座ってくれと促された。

離婚して出て行くはずだったのに変だな。と思いつついただきますを言い、輪島《わじま》の塗り箸を取りあげれば、守頭も同じように沙織と対の夫婦箸を取り上げ、その長い指で器用にあやつり夕食を摂りだす。

こうして守頭と食卓を囲むのは何度目だろうか。五度は数えていないはずだ。

味噌汁で喉を潤し、中に入っていた豆腐をつつきつつ沙織は思う。

（やっぱり変ですね。離婚する日になって一緒に夕餉を摂るのは）

これは最後の晩餐というやつだろうか。いや、それは死ぬ前の食事のことだから、離婚前食事が正しいだろうか？

らちもないことを考えつつテーブルを見やる。

豆腐とわかめの味噌汁に、ぶりの煮付け、ほうれん草のおひたしにだし巻き卵、炒り豆腐と里芋の塩煮――少し醤油味のものが多すぎたかもしれない。

そんなことを考えつつ、黙って箸を進めていると、ふと、といった調子で、料理をつついていた守頭の箸が止まる。

「それで、どうして離婚なんだ」

思い詰めたような顔をして、守頭が低い声で問う。

「私がいなくても、旦那様は社交界に出入りできておりますし。一年もあればあちこちに伝手もできたでしょう。……今更、私が妻としている必要はないかと。夫婦らしいことはなにもしていませんし」

言った途端、思い当たる節があったのか守頭の箸が宙に浮いたまま止まる。

（というか、思い当たる節がひとつぐらいあってもらわないと困りますが）

なにせ、一緒に寝ないどころか家で顔を合わせることも滅多にない。夫婦として出かけることはもちろん、あってしかるべき夫婦の行為もない。

気配や残り香があるから、家に戻ってきてはいるのだろうなと感じるだけで、これなら幽霊と結婚しているのと変わらない。

経緯はどうあれ結婚したのだ。

お互い憎み合っているわけではないので、よい関係を築ければと期待もしていた。

だが、相手を知り、会話で打ち解け、互いにとって心地いい関係を作ろうにも、相手がいない、あるいはいても顔を合わせないのではどうしようもない。

「それは……すまなかった。だが」

「謝ってほしいわけではありませんのでおかまいなく。旦那様が多忙なのは秘書の方からも聞いておりますし、見ていてもわかります」

理解ある妻の言葉だが、実際は諦めているというのが正しい。

一年、この状態で捨て置かれていたのだ。今更謝罪されても困る。

「いや、だが、しかし……」

常に理路整然かつ業務的であった彼にしては珍しく言葉を濁らせ、なぜか言いづらそうに口を開いた。

「夫婦としての時間が必要なら必要だと、どうして言わなかったんだ？　それに君は、俺と夫婦であることを恥じているんじゃないのか」

守頭が俺と言ったことはもちろん、予想もしなかった問いに目を瞬かす。

夫婦の時間が必要なのは言わずとしれたこと、常識だと思っていたが違うのだろうか。いや、それより、守頭と夫婦であることを恥じているとはどういうことだ。

「恥じるもなにも、夫婦として旦那様と出かけたことはありませんし。どう思うかは今の段階では判断できかねます」

どこか会話が食い違っている気がしつつも、できるだけ飾らず、自分の考えを述べながら沙織は里芋の塩煮に箸を伸ばす。

「……出かけたかったのか？　いや、そんな風には」

「私は逆に、旦那様こそ、私と出かけたくないのだと思っておりましたが」

なにせパーティーや音楽会の招待状が届いても、「社長はおひとりで参加されますので」と秘書から伝えられるばかりだ。

同伴者が必要な催しについても返事は変わりないのだから、適当な女性を誘って参加しているのだろうと思っていた。

手短にそう伝えると、守頭は見てわかるほどはっきりと眉間に皺を寄せ、なにごとか考えていたが、すぐ頭を振って謝罪した。

「申し訳ない。どこかで行き違いが発生していたようだ。が、俺に君を阻害しようという意志はない。望むなら今後は一緒に出かけるということで問題ないか」

また〝俺〟と言った。

ひょっとしたら、私と言っているときは理性が勝っていて、感情的になると俺となるのかもしれない。

離婚する時になって、夫たる人の素を見せられるとは皮肉なものだな、とぼんやり考えつつ、沙織は頭を振った。

「で、どうして離婚したいんだ。他に好きな男でもできたのか」

「いえ、そういうことは」

そもそもお稽古事と家の往復だけで一日が終わってしまうのだ。異性と出会う機会などまるでないし、恋愛にさして興味もないため、自分からどうにかしようとも思わない。

強いて言えば学生時代の同級生などが友人としているが、恋愛として考えたことはなかった。

「じゃあどうして」

「そうですね、私がいなくても旦那様はやっていける気がしまして」

「……そんなことはない」

少しのためらいを置いて反論されるも、沙織はゆるゆると頭を振って否定する。

「旦那様がこの結婚を望まれたのは、御所頭家の名を使い人脈を拡げるため。招待状こそ旦那様にお渡しししていますが私を同伴したことはありません。それで問題なく一年も過ぎたのでしたら、今後もそうでしょう？」

もちろん、一緒にいることを望まれないとしても、妻として、借金のカタとして、できうる限りのことはしてきたつもりだ。たとえば知り合いの資産家や創業一族の家などに、四季折々の挨拶や祝い事の付け届け、こちらに頂いたもののお礼状などの手紙をしたためたり、お稽古事で同席した令嬢や御夫人などと交流したり。

だが、それをするのは別に必ずしも沙織である必要はない。

（私より秘書の三見《さんみ》さんのほうが慣れていらっしゃる分、上手くやれるでしょうし）

守頭の第二秘書である女性が頭を過り、なぜかわずかに胸が苦しくなる。

それに気付かぬふりをして、沙織はにっこりと笑ってみせる。

「顔を合わせても会話も大してないまま、他人と言って差し支えない状況でしょう？　家に他人がいては旦那様もくつろげないでしょうし」

帰って来るか来ないかわからない誰かを待っているだけの日々は、地味にきつい。

そうでなくとも、父の監視下で箱入り娘だった頃と変わらない日々、それも知り合いなどほとんどいない東京で。

一年間沙織は妻としてできる限りのことはしていた。なのに一度も必要とされなかった。

そんな時、自由に生きている同世代を街で見かけて思った。

——自由になりたい。

このまま同じ日々を人形のよう繰り返し、なにもせず、必要ともされず、ただ生きているだけの日々を繰り返していくうちに老いて、死ぬのは嫌だと。

離婚すれば大変だろう。父だって怒るだろうし、ひょっとしたらまたお見合いだの再婚だのの話を持ってこられるかもしれない。

だけど沙織は、一度でいいから、自分でなにかをして、知らないところに行ってという、ごく普通の自由を味わってみたいと思ったのだ。

考えが固まっていることを示すように沙織はひとつうなずき、守頭を見つめる。

「離婚することで社交界との縁が切れるとお考えでしたら、ご心配なく。ちゃんと私からお手紙などで旦那様に非がなく別れたと伝えますし、今後も旦那様をよろしくとお伝えします。……家事についても、当面は旦那様だけでも大丈夫なように作り置きをしておきましたし」

「作り置き……？　待て、今までの料理は君が作っていたのか」

「はい。そうですけれど？」

なにを当たり前のことを言っているのだと目を瞬かすと、守頭が頭を押さえた。

「家政婦はどうした。彼女らが作ったんじゃないのか」

「家政婦なんていませんよ。なにを言われているのですか？」

「なんだって？」

「どういうことだ」

驚いた守頭が返す早さで聞いてきた。

「どういうことも、こういうことも。旦那様が解雇なさったんですよね？」

確かそうだったと首を傾げると、ますます守頭が渋面になる。

ひょっとして忘れているのかと思い、沙織は説明する。

「結婚して人妻になった以上は、家政を全部とりしきれと。旦那様がそう言われて解雇されたんですよね？」

「違う」

まるで予想しない返答に目を丸くする。

「君が大変そうなら人員を増やせと部下に命じたが、減らせとは言ってない」

「そうですか？　でも三見さんが」

沙織がすべてを言い終わる前に、守頭が短く吐き捨てた。

「……あの女」

「はい」

「君じゃない」

沙織が素直に言い切ると、彼はテーブルの上で組んだ手に額を押しつけ、長々と溜息を吐いた。

「……そういうこと、か」

なにか思い当たるか、感じるところがあったのだろう。低く平坦な声で言うと守頭は頭を振って顔を上げ、話題を離婚へ戻す。

「それで、離婚したとして、仕事や住むところはどうするつもりだ」

「そうですね、ひとまずはマンスリーマンションを借りて、新居と仕事を探そうかと。あ、旦那様から頂いたクレジットカードと部屋の鍵は、離婚届と一緒にそちらの封筒へ入れさせていただいてますのでご安心を」

いくらなんでも、離婚した夫のカードで家を借りたり家具を買ったりは違うだろう。

箱入りの沙織にもその程度の分別と矜持がある。

が、守頭は、実に嫌そうに食卓の端に置いてあった白封筒を指で摘まみ、すぐに元のように置いた上、勝手に動きだすとでも言いたげに手でしっかり押さえてしまう。

「誰か援助する男でもいるのか」

「いえ、先日、知人の用をこなした御礼で、多少、先立つものを頂ける予定ですので」

学生時代に親しくしていた同級生から、ちょっとした書類作成を頼まれ、その御礼が幾万か貰えるはずだ。それに、今まで貯めておいたお小遣いやお年玉を合わせれば、当座は困らないだろう。

「用事だって？　……いや、それより。私には離婚する気はない」

きっぱりと言い、ひと呼吸置いて守頭は続けた。

「大体、あまりにも急すぎる。事前に相談するとかしてもよかっただろう」

「今度いつ顔を合わせるかわかりませんでしたし、事前に相談したとして、離婚していただけましたか？」

むっ、と守頭がうなったのを幸いに、沙織は少しだけ意地悪な気持ちになって、とどめの言葉を放つ。

「急と仰いますが、旦那様との結婚も急でした。なら、私が相談なく急に離婚を申し出るのは、対等といいますか、やむなきことでは？」

伝えた途端、守頭の顔から表情が消え目が左右に泳ぐ。

そうだろう。結婚が相談なしの不意打ちなら、離婚だって同じでいいという沙織の主張は間違ってないはずだ。

ふたりの間に、なんとも言い難い沈黙が漂う中、沙織は指でこめかみを押さえる。

（頭が痛くなってきた）

離婚を決めてから一週間、当面の間暮らすところの目当てを決めたり、『立つ鳥跡を濁さず』の気合いで家中を磨き上げたり、沙織が不在でも守頭が困らないよう大量の作り置きをしたために、最近は寝不足気味なのだ。

少し疲れが溜まってきているのかもしれない。

（そういえば、身体が火照ってる気が）

話し合いに集中していたので気付かなかったが、着物の下で肌が薄ら汗ばんでいる。落ち着いて話しているつもりでも、無意識に興奮しているのだろうか。

だが、背筋のほうは変に悪寒がしだしていて。

(これは、風邪を引いたのかも)

あまりよくない兆候だ。しかし話し合いの最中だと、がんばって頭を働かす。

「あの、ひょっとして相談していたら、離婚を受け入れてくださいましたか？」

「絶対にない」

間髪いれず否定され驚く。

なにをそんなにこだわるのだろう。居ても居なくても変わらない妻なら、手放したとしても惜しくないだろうに。

それに、沙織がいなくなれば好きな女性と暮らせるかもしれないではないか。

(……たとえば、第二秘書の三見さんとか)

いずれにせよ、離婚する沙織にはもう関係がない。お飾りの妻などで一生を終えるなど沢山だ。

そう思っていると、ひどく顔をしかめ考え事をしていた守頭が切り出した。

「そもそも、私と君の結婚は普通の結婚ではない。仮に君と離婚するとして、君の実家である御所頭家に融資した一億についてはどうするつもりだ」

　眠気で霞みがちになる頭の中でひとりごちる。

（あら、旦那様の一人称が俺から私に戻っている）

　沙織と話すうちに冷静さを取り戻したのか、あるいは条件の話になったため守頭がビジネスモードに思考を切り替えたのか。

「旦那様は一億で私とのお見合いを、いえ、結婚を買ったと仰いました。御所頭家の人脈を得るために。……先ほども説明しましたが、社交界からの招待状も増え、馴染んでいらっしゃるようですので、私の役目は充分に果たしたものと」

「それが一億に価するかどうかを決めるのは私だ。君じゃない」

　即答され、それもそうだと思う。

「では、一億をそのままお返しできれば離婚していただけますか？」

　しばらく思案した後に告げると、守頭は渋々といった様子で首肯し口を開く。

「君が望むのであれば、考えてみてもいい……」

（一億を返せれば、離婚していただけるというのでしたら、がんばるしかありませんね）

　普通に考えればどだい返済は無理な金額だ。

けれど離婚するためには、どうにかして返さなければならない。

考えを巡らせようとするも、いよいよ頭痛がひどく、上手く頭が働かない。

無理をしすぎた。ベッドへ行って横にならなければ。

そう考え、すみません、旦那様と言いつつ立ち上がった時だ。

目の前が暗くなりふらついて、守頭がけたたましく椅子を倒しながら立ち上がる気配がした。

しかしそれすらも限界を超えた沙織の気力を呼び戻すことはできず、頭が支えを得たと同時に意識がふつりと遠くなる。

沙織、沙織、と、血相を変えた守頭が必死に名を呼ぶ声を遠くに聞きながら、沙織は泥のような重い眠りへと落ちていった。

◇◆◇

久々に日付が変わる前に帰宅できた守頭瑛士は、玄関先で正座し三つ指をついて頭を下げる妻を見て唖然としていた。

（人妻を、お暇？）

一体なんのことなのかさっぱりわからない。

ポケットにしまおうとしていた車のキーを取り落としかけたことで気を取り戻した守頭は、二度、目を瞬かせ妻である沙織を見る。

いつも通りだ。

前髪を一直線に切りそろえ、丁寧に梳《くしけず》られた艶やかな黒髪。

白磁のような肌に、やや大きめの目は和人形のように艶めいている。

やや控えめな唇はけれどよく熟した桜桃のようで、とても美味しそうだ。

あれに口づけたらどんな味がするのだろうかと、意識がそれかけるのを元に戻し見ると、わずかに違う点がある。

早く帰ってきた、といっても九時を回っている。

普段ならこの時間は沙織は部屋にひっこんでいるか、見かけても浴衣のような寝間着を着ていることがほとんどだ。

なのに今日は、朝見かけた時と同じ胡桃染色の結城紬を着ている上、短めの横髪を残して、他は全部後ろでひとくくりにしてある。

それに玄関に置かれた、見慣れない大きなキャリーバッグ。

旅行にでも出かけるつもりなのか？　こんな時間に？　それとも明日から出かける

から家を空けると言いたいのか。

箱入りも箱入り、金銀螺鈿《らでん》の箱に入れられて育ったといっても過言でない沙織は、少々、話しかたが世間とずれている。

だから、旅行に出ますと言いたいのを、あえて迂遠に伝えようとしているのだろうか。

頭の中が疑問符で埋め尽くされる中、それでも理解しようと相手を見れば。

「それでは、ごきげんよう。元旦那様。離婚届はテーブルの上にございますので」

単刀直入にそう言われ、一瞬思考が停止した。

完全に頭が真っ白になったのは、初めてかもしれない。

学生時代の投資で一億を超える損失を出しかけた時や、部下が資金を持ち逃げした時だって、いつも頭脳はクリアだったのに。

沙織が離婚？　誰とだ？と現実味がまったくない頭で守頭が困惑していると、相手はまったくかまわずに晩ごはんは作り置きがあるとか、洗濯は終わっているとかひどく日常的な連絡を口にする。

ますますわからない。

ともあれ、自分は絶対に離婚なんてしない。したくない。

その一心で口をひらいて、「なんで、君と離婚しなければならない」と相手に問えば、彼女はまったく悪びれない表情で首を傾げて。

「なんで、離婚してはいけないのでしょうか？」

などと聞く。

まるで外に食事に行くとでも言う風な軽いノリに、ついに頭痛がしてきてしまう。

「君は、この結婚をなんだと思っているんだ」

そう。守頭と沙織の結婚は、一般的でない流れで決まったものだ。行き当たりばったりに離婚と言われても困る。

（そもそも、まだ新婚らしいことは、なにひとつできてないのに）

予想より早く沙織と結婚したため、守頭の身の回り——女性関係ではなく仕事だ——がまるで片付いてなかった。そのため、家に帰る時間が遅かったのは認める。

会社に泊まり込むとか、近くのホテルに部屋を取るほうがずっと楽だし手間はない。

それでも、わざわざ家まで帰ってきたのは、沙織との生活を考えているという意思表示のつもりでもあった。まったく伝わってないようだが。

いきなり距離をつめて、嫌われてはもとも子もない。まずは守頭のテリトリーで生活してもらい、守頭瑛士という存在に慣れてもらい、それから恋愛をと考えていたが、いささか慎重すぎたようだ。

考えつつ、ともかく離婚だけは回避させなければと考えていると、沙織は目を瞬かせ、それからニッコリ笑ってこの結婚をどう思っているのかを答えた。

——それはもちろん、借金のカタでございますでしょう？と。

そもそもの話。

守頭の親は外交官だった。そのためあちこちの国に駐在して、移動してを繰り返していた。

母親は児童文学の研究家だったが、子どもが好きというよりは自分の童心を愛しており、児童の情操教育について、その筋では有名だったようだが、自身の子どもである守頭の情操には、まったく気を払わない人であった。

当然、家事も育児も気まぐれにしか手を出さず、日がな一日自室に籠もっては論文を書くための資料を読みふけり、執筆するばかり。

結果、守頭は母親というより家政婦に育てられたようなもので、その家政婦も神経質な母親が仕事に行き詰まるたびに解雇し、新たに雇いを繰り返していたのでひとりの人間と深く長く関わることがなかった。

親が話すので日本語については不自由なく、外国語についても日常会話であれば英語とフランス語を、挨拶してホテルに泊まる程度のものまで含めれば七カ国語に近い言葉を身に備えたが、どの国でも心から親友と言える存在はおらず、また恋愛についても、両親が自分のステイタスや成果を重視し、度々衝突するのを見てきたため、どこか冷めた気持ちを捨てきれなかった。

アメリカの大学を卒業する頃になると、両親の不仲は決定的となっており、互いに不干渉をつらぬくけれど世間体のため離婚はしないという状況が続き、守頭が二十七歳となる頃には、よせばいいのに、大使という役職にどうしても就きたい欲を捨てきれなかった父親が、危険地域への赴任を受諾し、結果、その先で事故に遭い夫婦ともに異国の地で亡くなった。

その頃には守頭も両親と滅多に関わることはなく、年に一度電話するかどうかで、あちらから電話があるときは自分らにとって都合のいい縁談を持ち込もうとするか、授賞式などで外見と才能に優れた息子を見せびらかすためと決まっていた。

だからふたりが亡くなったと聞いても、さほど悲しいとは思わなかった。

自分は、感情というものがないのかもしれない。

そう考えるほど、歳を経るごとに心が冷めていき、最後に笑ったのはいつだったか思い出せない。

唯一、熱意をかけられるものはといえば仕事だけで、リスクとメリットの間際で自己を賭けるような投資をするときだけ、生きている実感を得られたし、同時に強運と感情に流されない判断により危ない相場も楽々とくぐり抜け、若くして周囲もうらやむ資産家になっていた。

それでも、なにかが満たされない。

一瞬の熱狂が終わればば、心は冷め、世界は灰色でどんなに素晴らしい料理や音楽も心を動かさない。

沙織と出会ったのは、大学を卒業しアメリカの大手コンサルファームに就職して六年ほど経った頃。

同期はもとより先輩たちより成果を残していたが、その分、上司であるシニア・コンサルタントから使い勝手がいいと思われてしまったのか、面倒な顧客ばかりあてがわれ、上司の望むままに顧客をなだめ、煽り、そうして金を預かり、増やし、返すことを繰り返していた。

そんなある日のことだ。

フランスのとある富豪が、日本の京都に別荘を買いたいと言いだし、日本人ならいいところを知っているだろう。手数料を出すから土地を探してくれと依頼してきた。

正直、仕事の範疇ではない。

しかし、その富豪は会社の中では多大な利益をもたらす相手で、日本びいきが高じて投資顧問も日本人でなければ嫌だということで、守頭を指名していたほどだった。

もっとも、守頭自身、日本で暮らしたことなど三年もなく、それも赤子の頃だったのでまるで記憶がないが。

日本については多少の知識はあるが、そう詳しくないと断ろうとしたが、是非にもと縋られ、上司からも頼まれ、やむなく承知し、休暇を仕事に費やすために初冬の京都へ向かう。

年末に差し迫るほど気ぜわしい雰囲気が高まる東京と違い、京都の嵐山は日に日に観光客も減り、しんと静まった空気と冷えが音もなく忍び寄る。

その年は寒さがひどいこともあり、見上げる空は常に灰色で、時折、白い雪がちらつくのが余計に気分を気鬱にさせた。

目の前に広がる広い空き地に目を戻せば、案内してくれた不動産会社の社長とやらが手を揉み、猫なで声で聞いてきた。

「いかがでしょうか。こちらの土地では」

「そうだな」

曖昧に言葉を濁しつつ周辺を見る。

嵐山らしく緑が深い。

クライアントが希望する竹林もあり、川のせせらぎがわずかに聞こえるのもいい。

都心部から離れていて買い物が不便なところは気になるが、これ以上、里へ下れば観光客が迷い込むことも増えるだろうし、どちらにせよ買い物に行くのは使用人かハウスキーパーだろうから、クライアントにしてみれば些細な問題かもしれない。

（問題は、金額と相手に売る気があるかどうかだ）

いい土地があると案内してもらったが、所有は地元では知る人ぞ知る旧家。

古い価値観と体制を堅固にするため、一見ではまず家に上げてもらえないという。

そこを見るだけならと願い、足を運んだ訳だが。

「御所頭家、か」

「そこが問題です。あの家は当主が外国人を嫌ってますからなあ」

守頭が購入するのであれば、まだ伝手がなくもないが、そこに住むのがフランス人とくれば話は別だと揉める可能性がある。

「売値は一億二千万を提示してますが、外国人とか気に入らないという理由で倍額にすることもあるそうで。あっちのホテルが見えますか？」

純和風の屋敷が点在するエリアを手で示し、不動産会社の社長が苦笑する。

たしか滞在型高級リゾートホテルで、部屋ではなく戸貸し。各棟にはコンシェルジュがふたり、二十四時間体制でついており、出てくるワインの最低価格は一本十万、宿泊料はオフシーズンでさえ一泊三十万を超えると聞いた。

「日本人相手かと思ったら、外国人富裕層がメイン客層だったと後から知って、だったら売らなかったのにと相当おかんむりで。……そんな訳ですから、こっちの土地の買い手には余計慎重になってる有様でして」

今時、土地を買う相手が日本人だ、外国人だとこだわるのも珍しいが、そこが旧家というやつなのだろう。

「台所事情はよろしくないから、あちらさんとしても早く売ってしまいたいでしょうにね、なんともなんですわ」

昔から仕事をせずとも土地代だけで食べていける家柄だったため、働く——汗を流して労働することを恥と考えている節があり、当主がしていた仕事はといえば書家や画家といった芸術的な仕事か、大学などで教鞭を執る学者かといった、いわゆる一芸に打ち込みされど秀でずの典型ばかり。

当然、資産は相続されるごとに税金で削り取られていき、これでは不味いと先代の当主が事業を興すも失敗。それを見て育ったはずなのに、当代の当主は才も知識もないまま投資に手を出し、今ではほとんどの土地を手放す有様だとか。

その上、当代の当主はひとり息子なことに加え、生まれた子どもは娘ひとり。

「入り婿にでもなれば、これぐらいの土地は譲ってもらえるのでしょうがね。まあ、箱入りも箱入りで有名なお嬢様だから、娶るほうも相当……でないと」

ようは贅沢とわがままに慣らされて育った娘か。と苦笑してしまう。

仕事柄、そういう手合いの令嬢を見てきただけでなく、言い寄られたこともあるが、守頭自身まったく食指が動かない。どころか、相手の気持ちに頓着しない奔放ぶりは見ていて気持ちがいいものでもなかった。

「お嬢様、ね」

皮肉を込めて呟けば、不動産会社の社長が、いや、私も遠目にしか姿を見たことがないんですがね。と前置きして続けた。

「沙織というお名前でしたか。今年十八になるんですが、恥ずかしくない大学に入れるだけの才はあれど、父親が大反対していて。まあ、家で花嫁修業中だとかで」

空き地に転がっていた石を遊びに蹴りながら、社長は続ける。

「お客さんぐらいいい見目の人なら、結婚したいと言わせられるかもしれませんがねえ。でもねえ、御所頭家の土地はもうほとんど残っちゃおりませんで。あるのは過去の栄光と人脈ぐらいですか。社交界ではなかなか顔が利く様子だと」

「ほう。それは」

名家が凋落《ちょうらく》しはじめる典型的な流れだと口の端を上げ小馬鹿にしていると、なにを勘違いしたのか、その社長が続けた。

「沙織お嬢様は大層な美少女でして、縁談は降るほどあるのですが、まあ、あの父親がねえ。金も地位も気概もある男でないと婿にはせんとの一点張りで」

体裁を整えているが、本音は、自分の代わりに落ちぶれていく御所頭家を建て直してくれとの望みもあるのだろう。

(絶対にごめんだ。そんな沈み行く船など)

とはいえ、土地は惜しい。この土地であればクライアントの望む以上の条件を満たしているし、別荘の規模にも充分足りる。

二億四千万は厳しいが、二億に収まるぐらいならどうにか説得できるかもしれない。

それに、売買の金額は可能な限り高いほうが守頭としても儲けが大きい。手数料としてその五パーセントが会社に入る契約だからだ。

ともかく行くだけ行きたいとの希望を伝え、車に乗り込む。

ほどなくして、土塀の向こうに緑豊かな竹林が広がる大きな屋敷が見えてきた。

正門は時代劇に出てきそうな木の門で、横の勝手口にあるベルを押すと、十分以上経ってから、紺色のお仕着せに白いエプロンをつけた初老の女性が姿を現した。

ここはどこで何時代だと、呆れていると、頭の先から爪先まで無遠慮に眺められ、東野《ひがしの》様のお連れならと告げて、大門を開いてくれた。

中は竹林から杉の木立まで綺麗に整っていて。所々に見える玉砂利の散歩道にはほとんど落ち葉もない。

屋敷は横長の和風建築で、東の奥だけが洋館となっていた。

北のほうには時代劇に出てきそうな漆喰塗りの土蔵が三つ。

平安時代を思わせる古典調の一階部分に比べ、比較的新しい（といっても室町時代あたりからだろうか）しつらえである唐物風の二階は、増築により建て増されたものだろう。

載る瓦の落ち着いた色や、広い格子窓と、徹底した和の建築に、これはこれで悪くもないなどと勝手に評価を下していた時だ。

視界の端に緋色が閃いて、遠くから鳥が啼くような音色が響く。

冬に似合わぬ鮮やかな彩りに気を惹かれ視線を投げた守頭は、そのまま息を止めてしまう。

日当たりがいいからか、滅多に見ない巨木に育った乙女椿の八重咲きの花弁。紅に染まり、灰色の冬空に耀《よう》と色を灯す枝先に向かって、窓から伸びるほっそりとした腕は白。

動きに沿って冬風の中たおやかに揺れる袖は淡い橙で、それが着物の袖だと気付くのに一拍を置く。

唐突に現れた鮮やかな色彩に息を詰めていると、そこに、すべての色を内包してなお艶やかな黒髪がさらりと垂れてきて。

見事な絵を目の当たりにしたような感動に声も出せずにいると、広く開いた格子窓から少女の顔がちょこんと覗いてた。

久しく色が失われていた守頭の世界に、鮮やかな彩《あや》が舞った。

二階の窓から外に咲く椿を手折るなど、妙齢の乙女にしては行儀が悪いと言ってもいいだろう。

なのに不思議な優雅さと美しさを備えた仕草に、守頭は一瞬で惹きつけられる。

——あれが、御所頭家の総領娘の沙織か。

どこか遠いところで理解しつつ相手を見ていると、指先が花に触れそうで触れない危うさに、落ちそうだと気付き警告する。

「危ないぞ」

と、そこで守頭の存在に気付いた少女——沙織は、しまった、見つかったという風に小さく舌を出して微笑み会釈した。

その悪戯めいた表情につい口元がほころぶ。

「……欲しいのなら取ってきてやろうか」

自分よりひと回り近く年下だろう沙織に向かい、つい言葉をなげかける。

すると沙織は、枝に伸ばしていた手を止め、それから真っ直ぐに守頭のほうへ顔を向け、窓に軽く腰を掛けたまま声を返す。

「親切にありがとうございます。でも大丈夫です」

「あんなに必死に手を伸ばしていたのにか。欲しいのだろう」

なら、自分が叶えてやろうと思った。多分、その時まではほんの戯れ程度の気持ちだった。

けれど。

「欲しいです。でも、人の手を借りようとは思いません。私は、私の手であれを手折りたかっただけなので」

冬空に響く、綺麗な声で言われた瞬間、はっとした。

御所頭家の娘であれば、使用人にひと言かければ木の天辺にある花だって手に入れられるだろう。

いや、庭に咲いた乙女椿などではなく、大輪の薔薇の花束だって〝欲しい〟とひとこと言えば、贈ろうという者が幾人も手を挙げるに違いない。

だけど彼女は、そんなものは必要ないのだ。

自分の手で勝ち得たものが欲しいのだ。

そのことに気付いた瞬間、守頭は頭の中にあったもやが晴れていくのを自覚する。

不仲で、子どもに関わろうとしない両親になんとか振り向いてもらおうと、望まれたことに対し、望まれた以上の結果を出すことばかり気を回し、いつしかそれが〝習性〟となっていた。

大学では教授の望むように、仕事では上司の望むように、示された成果を出し続けるだけの人生。

望むものもなく、望むことすら忘れ生きてきた守頭は、沙織の言葉で目を覚ます。

――自分の手で勝ち得たものが欲しい。

なにかを望んで、そのために努力する。言われたからではなく。自分のために。今まで、ずっと、誰かのために生きてきて、人のルールに沿うかどうかを判断し生きてきた。

(だから、世界は灰色だった)

自分が望むものを追い求めてみよう。そう思うと不思議と心が軽くなった。

気付き、沙織ともっと話をしたいと思った時には、もう相手の姿は窓辺になく、閃く袖の残影だけが守頭の視界に残された。

それから十分ほど外で待たされたというのに、結局、当主である御所頭吾郎《ごろう》とは会うことができず、追い払われるようにして屋敷を去った。

だが、その時にはもう、守頭は決意していた。

――会社を興そう。そして自分が望む生き方をしよう。

誰に指示されたからではなく、期待されたからではなく、自分自身の道を歩もう。

それからの行動は早かった。

アメリカへ戻り、残務を片付けて大手コンサルファームを退職した。

人もうらやむ高給取りの職を辞して、上手くいくかどうかわからない投資事業に手を出すとはと周囲は呆れたが、守頭はまるで気にしなかった。

両親の死を切っ掛けに日本へ帰国して、遺産整理のついでに仕事の拠点も構えた。

自分の描くビジョンに――企業投資により、経済を再生させていくという大それた夢に――共感する者や、能力が欲しいと思った者をヘッドハンティングしていき、十人そこらで始めた会社は、二年で百人規模の会社になっていた。

少数精鋭かつ社長も投資家《プレイヤー》な会社の業務は多忙を極めたが、以前のように疲労と虚無を感じることはなく、日々満たされ、さらなる高みへの意欲が増した。

そして成果を挙げた時、必ず守頭の頭を過るのは、御所頭家で見た沙織の悪戯めいた表情だった――。

次に御所頭家と関わるようになったのは、沙織を見てから三年後。

守頭瑛士が二十九歳、沙織が二十一歳となったその年だった。

結局フランスの富豪であるクライアントの要件に合う土地が見つからず、そうこうするうちに、スキーができるならと京都ではなく北海道《ほっかいどう》のニセコに土地を見つけ別荘の建設に着工することで片がついた。

が、富豪は守頭が会社を辞めたのに合わせ、守頭個人に対し投資顧問を継続するよう依頼し、関係が続いていたため、御所頭家に関する調査資料のデータは、そのまま自宅の書斎と会社で眠っていた。

それが日の目を見ることになったのは、思わぬ出来事からだった。

情報が漏れた。

というより社員のひとりが勝手に持ち出し、御所頭家の当主が投資にのめりこんでいることを知って、嘘の投資話を持ちかけた挙げ句、なにを考えてか守頭の名前を騙ってそれを働いた。

当然、犯罪行為だ。

警察から知らされた守頭は、急遽仕事で訪れていたフランスから帰国し、事情を聞いて京都に向かう。

犯罪が行われた時期、ちょうどヨーロッパやアメリカではバカンスの時期が始まる間際で、これを逃したら相手が捕まらないということで、ちょっとした繁忙期になっていた。

そのため守頭はほとんど海外にいて、帰国途中の空港で、外資系銀行に勤める守頭の大学の同期と会った。

その時、御所頭家の当主が返済に困るあまり、娘を身売りしようとしていると聞いた。

相手は中堅ゼネコンの創業一族で、女癖が悪いと噂の御曹司。年の差だって守頭より開いている上、見合い相手をつまみ食いしては縁談を断るという始末の悪いことをした過去もある。

その男が、御所頭家の総領娘と見合いする予定だが断るつもりであるが、その前に彼女の処女を奪うと京都のバーで自慢げに語っていたのを耳にしたらしい。

あの、鮮やかな色を纏った娘が、空に向けて手を伸ばし外の椿を手折ろうとした無邪気さが踏みにじられるかと思った瞬間、なぜだかいても立ってもいられなくなった。

あの瞬間が、彼女の言ったひと言が守頭の人生に再び色をもたらした。その恩を感じているのもあった。

門前払いを喰らうのを承知で、急ぎ東京から京都へ向かう。

人生で初めて仕事を後回しにし、スケジュールのフォローを秘書室長――昨年まで守頭の秘書でもあった三見頼子《よりこ》に任せ、休暇をもぎとり飛行機に乗った。

記憶を頼りに御所頭家へ向かえば、意外にも門は開かれていて、当主の吾郎と幾名かの使用人だけが立ち入りを許されるという書斎まで通された。

当然、罵声がなげかけられてしかるべきと覚悟したが、直前にくだんの友人から電話があり、吾郎が会った守頭が偽者であると聞かされていたからか、彼は、自分の不徳の致すところで守頭に迷惑をかけた、とそっけなくではあるが謝ってきた。

つまり、互いに被害者であることは理解してもらえたということだ。

それを幸いに、沙織の見合い相手の悪行を証拠つきで訴えれば、今まさに、その見合い相手が沙織を〝人柄を知りたいのでふたりで食事でも〟と呼び出し、京都市内のホテルで――くだんの中堅ゼネコンの御曹司がプロジェクトを手がけた場所で、会っているとのこと。

そこからはもう、無我夢中だった。

自分のなにがそうさせるのかまるでわからなかった。

だが、灰色の味気ない世界に一瞬とはいえ色をもたらした沙織のことが、ひどく気がかりで、それが失われるのが悔しかった。

――その時は自覚しきれていなかったが、間違いなく恋していた。

衝動と言ってしまえばそれまでの感情に突き動かされホテルに辿り着けば、ちょうど男が沙織を部屋に連れ込もうとし、エレベーター前でもみ合っているところで。

咄嗟に相手を突き飛ばし、沙織を抱き寄せた。

その時の驚きは、今もはっきりと覚えている。

細くたおやかな肩。練り絹のように艶めいて真っ直ぐな黒髪が空になびく美しさ。触れてみたくなるほど白く滑らかな肌。

なにより、精巧な日本人形のような外見とは裏腹に、はっきりとした強い意志を湛える瞳に心を射貫かれた。

この女が欲しい、と強く思い、それは台詞となって口から出た。

お前の倍の金額で沙織との縁談を買う。などと嘘を言い放った。もっともそれを嘘にしてしまう気などまるでなく、実現する気もあったのだが。

ともあれ沙織を救出するが、縁談を買うなどと口走った始末の悪さから、なにをどう話せばいいかわからない。

こういう時に、あれは嘘だった。だが、本気で君が欲しいと思っている。と素直に求婚できればいいが、そんなことができるほどまっとうな性格でもなければ、若くもない。三十も越えればそれなりにこじらせているのだ。

なにより自分自身でも混乱していた。

ほとんど初対面と言っていい相手に、どうしてここまで惹かれているのかと。

結婚どころか女性にも興味がなかったはずなのに、どうして欲しいと思ったのか。

恋と片付けるには複雑で、愛と言い切るにはまだ遠い。

だが、時間が経つにつれ、沙織の人柄に興味が湧いたのだということだけは理解できた。

今まで女といえば、守頭の外見や資産にうっとりとし、頼みもしないのに媚びを売り、隙あらばベッドに潜り込もうとする計算高く野心家の女か、父親の言うことにはなんでも従い、よって守頭にはなんら興味もないといった従順といえば聞こえがいい、だが退屈で大した会話も楽しめないお嬢様かのどちらかで、そのどちらにも飽き飽きしていた。

外見など、守頭にとってはさほど価値があるものとは思えない。

美しさや若さはいずれ目減りする〝資産〟だ。老いればどんな人間も大して差異はない。

刻々と価値が失われていくのを知ってか知らずか、外見が優れている女ほど自信過剰な上、守頭を男とみくびって、あの手この手と出してくるのも厄介で疎ましい。

故に男女関係には執着も興味もなかったし、結婚については尚更。

会社の後継者をどうするかだけは悩みの種だが、それだって養子を迎えて経営者として育て上げれば、一応の社会的義務は果たし終えられる。

そんなドライな、もっと言えば、無味乾燥な意見しかなかったのに、沙織についてだけは初手から例外で、非常に興味深かった。

しかも話してみれば頭の回転もいい。

自分の置かれている立場を理解しつつ、そこに留まろうとしない。

されど、男や親といった他者を頼ろうとしない強さのようなものが、言葉の端々に見え隠れするのも気に入った。

家まで送るとの名目で再び御所頭家に向かい、事後承諾を承知で当主に縁談を申し出た。

一億の融資、月の援助の額。なにより沙織の生活を今の水準から決して落とさないこと。大切にすることを説明し、ようやくうなずいてもらえ、晴れて婚約者となった。

その場で婚約指輪を沙織の指に嵌めた時、この女が俺の妻かと――初めて生きている実感のようなものを得た。

そこからの流れは光速にも等しかった。

突然の婚約に社員たちも知己も驚いた。

特に、元秘書であり現秘書室長である三見頼子はなんとも言いがたい表情をしていた。

が、それもそうだろうと思う。

いままでどんな美女や令嬢を前にしても、表情ひとつ動かさなかった守頭が、衝動的とも言える勢いで、ほとんど初対面の、しかも八歳も年下の小娘を妻に迎えると決めた上、ほとんどメリットのない結婚だったからだ。

すべてに理性的で計算ずくと評されていた守頭らしくない。

一応体外的には、御所頭家の婿となることで上流社交界へ出入りし、そこで顧客を開拓するという説明をしていたが、そうではないことは守頭が一番わかっていた。

式を挙げる暇もなく入籍だけして、沙織を東京の家に呼び寄せた。

が、和やかな新婚生活はまるで遠い。

というのもくだんの詐欺事件の犯人は杳《よう》として判明していなかったし、いるはずの内部犯もわからない。

しかも突然結婚すると決めたため、業務の調整がまるでできておらず、仕事が山のように溜まっている。

クライアントから呼ばれ海外に足を運ぶことも増えた上、折が悪く、守頭の会社は急成長による人員補充を行ったばかりで、その教育や人事配置など頭を悩ませる問題も多かった。

結論として、式も披露宴も後回し、しばらくは仕事に忙殺されると彼女の父親が同席の上で説明した。

実際、結婚前に過ごせたのはたった三度、そのいずれもいたって紳士的な食事や観劇で終わってしまった。

沙織の貞操を奪おうとした男と同列に思われるのは我慢ならなかったから。

当然、初夜もしばらくはお預けのつもりでいたが、相手は結婚したからには義務と割り切っていたのか、白い長襦袢に似た寝間着姿で寝室で心細げに立っているのを見て、目眩がしたのを覚えている。

恋も知らない乙女を義務だけで抱くほど残酷なことはないだろう。

だから、今は考えてないと伝えて客室で寝た。抱きたい気持ちは多分にあったが、自分の欲を押しつけて、あるがままの沙織を崩したくはなかった。

少なくとも、彼女が彼女自身の意志で守頭を求めるようになるまでは。

結婚したのだ。時間はある。今は多忙だが、それも年内だけだ。

年が明けたら旅行に行こう。温泉などいいかもしれない。

海外暮らしが長い守頭は日本の温泉というものを知らずに来たし、沙織にいたっては旅行らしい旅行はしたことがなく、京都から出たのはこの結婚で守頭の住む東京に来た時が初めてだと口にしていたほどだ。

打ち解けるにはいいかもしれない。金沢《かなざわ》の雪深い旅館でたわいない話をして過ごすのは。

そんなことを思っていたのに、帰宅した守頭をぶん殴る勢いで言い放たれた台詞はといえば。

――本日をもって、人妻をお暇させていただきます。だ。

なにを言われているのかまったくわからなかった。理解の範疇を超えていた。

それが離婚を示すと知った途端、内心で焦りまくっていた。

皮肉なことに、表情を読ませず相手の腹を探り合う投資交渉で培った無表情は健在で、声のトーンも変わらないが、確かに守頭は焦りまくっていた。

ともかく引き留め、食事をしつつ話を聞く。

家政婦が作っただろう夕食は美味だった。

よほどまめな家政婦が通っているのか、家は塵ひとつなく完璧に磨かれていて、何時に帰っても家庭的な惣菜――守頭が幼い頃に望んでも食べることができなかった家庭の味――が、きちんと整理され冷蔵庫に収められている。

報酬を上げるべきか、いや、来年末には子どもがいる可能性も考え人員を増やすべきか。そんなことすら考えていたのに。離婚と来た。

好きな男ができたかと聞けばそうではなく、意味がないからの一点張り。

そんなに自分との結婚生活が嫌なのかと顔をしかめると、夫婦らしいことを一切していないのが不満な模様。

(していいなら、いくらでもするが)

内心で吠える気持ちを押し隠し、相手より年上だから、大人だからと極めて冷静に話を聞いていたところ、どんどんと沙織の顔色が悪くなっていく。

そんなに離婚したいのかとショックを受ける守頭の目の前で、沙織は唐突に立ち上がり、そのまま倒れたので肝が冷えた。

あわてて名前を連呼し、残る手でスマートフォンを操作し医者を呼ぶ。

結果は過労からの高熱だとかで、点滴と解熱剤を処方し、お大事にと去る医師を見送るのもそこそこに、看病するため沙織の元へ戻る。

(家政婦がいないと言った……ということは、家のことをしながら、あの数の稽古事に通っていたのか)

月曜日から金曜日まで、沙織は京都にいた時と同じく芸事習い事で埋められていた。

だから忙しく疲れていると、夫婦あるいは女性同伴のパーティーや社交の集いも断られ、仕方なしに秘書室長であり、沙織のスケジュール管理も任せている三見を連れて行っていたのだが――。

（家政婦の件や三見の話との矛盾は調べるにして、稽古事は止めさせるべきか。……いや、だが結婚の約束に京都にいたときと変わらない生活とあるしな）

本人がしたいことを止めさせるのは約束に反する。自分は冷徹だと言われるタイプの人間ではあるが、約束に関しては必ず守る誠実さは一応備えているつもりだ。

それも沙織が起きてから再び話し合わなければと思っていたときだ。

「んん……」

寝返りを打とうとした沙織が、眉を寄せて軽く呻く。

どうやら、太鼓結びにしている帯がつっかえてしまっているようだ。

「沙織、起きられるか。そのまま寝ては帯も着物も駄目になるぞ」

駄目になったところで、新たに守頭が買い与える気ではいるが、人にはそれぞれ物に思い入れがあるだろう。しかも今沙織が着ている胡桃染の結城紬は、京都からの嫁入り道具で気に入っているのか、ここのところよく着回している。

沙織、と声をかけ背中に手を入れ起こした途端、まるで子どもが親に甘えるように彼女は守頭の首に腕をなげかけ寄りかかる。

「動きたく、ありません」

そのままくにゃっと、ぬいぐるみみたいに体重を掛けられ守頭の心臓が逸る。

(あまりにも無防備すぎないか!?)

声をあげたいのに実際は喉が詰まってしまい声すら出ない。

いい年なのに中学生みたいにうろたえつつ、守頭は沙織を軽く抱き寄せる。

と、白檀《びゃくだん》のほのかな香りが鼻孔をくすぐり、それにまたドキリとする。

香水のあからさまな香りとは違う、肌に染みた香木の香りは、海外で暮らしていた守頭にとって馴染みのないもので、それだけに新鮮で、変に気持ちが昂ぶっていく。

欲情の気配に息を詰め、とりあえず帯と着物を脱がせようと手を動かす。

西陣織の名古屋帯に震えがちになる指で触れ、結び目の隙間に指を差し込む。その硬い感触とは裏腹に、するりとほどけ肌を撫でる織物の滑らかさ。

ゆっくりと結び目が崩れていく様は、いけないことをしている気持ちを否が応でも高めていき、渦巻きベッドの上にたわむ布は、普段は無垢な沙織の姿を妖艶に見せる。

ようやくほどき切って息をつけば、着物の袂が大きく崩れ、そこから白い鎖骨が覗くのにまた心臓を疼かせてしまう。

「目の毒だ……」

思わず呟きを落としなんとか着物を脱がせれば、熟した柿と同じ色をした半襟と長襦袢姿となった沙織がしどけなく崩れ、ベッドの上で丸くなる。

半分やけくそで毛布をかけ、空調の温度を整え、頭を冷やすために部屋を出る。

（なんなんだ、あの色気は）

子どもだと、まだ幼いと思っていた沙織が見せた女らしさに、襦袢と肌の色の対比に、まるで露出などないのに鼓動が高まる。

これでは今夜、眠れそうにないなとひとりごちた。

どちらにせよ、沙織の看病で寝るつもりはなかったが、それでもこうまで悩ましい気持ちを抱えてしまい、守頭は完全に参っていた。

3．秘書という女の存在

「本当に？　本当にそう言っちゃったんだ。あの守頭瑛士に！」

言うなり爆笑したのは、高校時代の同級生で生徒会の会長でもあった天堂逸樹《てんどういつき》。

ちなみに沙織は副会長をしていて、幼稚舎から一緒だった逸樹とは腐れ縁と言ってもいい。

彼は、癖の強い黒髪を跳ねさせながら腹を抱え、呼吸困難かと思うほど笑い転げる。

個室を取っておいてよかった。でなければ他の客の迷惑になっていた。

（でも、これから職探しや家探しもあって、節約しなければならないのに、コーヒー一杯が五千円もする店に呼び出すのは勘弁してほしい……）

透けるほど薄いカップを傾けながら、沙織は湯気を散らすふりをして溜息を吐く。

場所は、老舗デパートの外商部奥にある、会員制の喫茶室。

フランス国王の愛妾《あいしょう》が設立したという、ハイブランドの白磁でできたティーセットも、徹底してロココ調にこだわった部屋の内装も完璧だが、ふたりにとって特に驚くべきものではない。

というのも沙織の御所頭家ほどではないが、逸樹が後継となる天堂家も古くからある資産家で、この手の内装や美術品など家にいくらでもあるのだ。

違いはといえば、純和風である沙織の御所頭家に対し、京都屈指のハイカラ——明治時代風洋館に、それに添った生活スタイルを誇っているのが天堂家である。

今日だって市松模様の江戸小紋を着こなし、ハンドバッグも縮緬《ちりめん》の手提げという相変わらずの日本人形スタイルの沙織に対し、逸樹は茶をベースとした三つ揃いという、イギリスの名探偵みたいなスタイルである。

見た目だって、日本人然とした沙織に対し、逸樹は髪こそ黒いものの、癖が強い髪は西洋画に出てくる天使みたいだし、焦げ茶の目は悪戯っぽい光を湛え、高い鼻筋とあいまってどこか外国人じみている。

ともかく、見た目も暮らしぶりも対照的だが、両家の仲はもちろん、ふたりの仲もなぜか悪くない。

(悪くない、と言いますか、悪友と言いますか)

腐れ縁の上に悪友。なんだかイメージのよくない単語が連なってるが、ようは幼なじみにして気の知れた友人であるのは間違いない。

「笑いすぎです」

「だって、人妻をお暇って、終了って……時代劇や冷やし中華じゃないんだから。普通にそこは離婚でよかったんじゃないの」

笑いすぎなのか、目の端に浮いた涙をぬぐいながら逸樹が言う。

「あー、しかし。沙織があの守頭瑛士と結婚したっていうから、驚いて帰国したんだけど、もう離婚かあ」

冷えてしまったコーヒーを、部屋付きのギャルソンに合図して入れ直させながら、逸樹は腕を組む。

彼はつい一年前までアメリカはロサンゼルスにある大学に留学しており、沙織が結婚したと聞いて、急遽帰国してきた身だ。

「別に、私の結婚ぐらいで勉学を放り投げて帰ってこなくてもよろしかったのに」

「残念。必要単位は修得済みだよ。もともと一年はスキップしてるからね。……あとは論文の審査待ち」

実家が投資会社をしているため、経済学を専攻しそのままマスターコース、つまり修士課程まで進んでいたが、そこもまたスキップした模様だ。

もとより逸樹はここぞという時の頭の回転と閃きが常人離れしている。

そのため、大学をスキップしたことには驚きはしない。

文句なしに出来がよい頭脳を持っているのだが、本人はそれをまっとうに活用する気がなく、自分の好きなように使う。

しかも始末が悪いことに、他人の騒動を高みの見物をするのが大好きという残念な性格の持ち主でもある。

この天衣無縫な性格に、学生時代どれほど苦労させられたかは涙なしに語れない。

生徒会長としての仕事は勢いよく、副会長で真面目な沙織にぶん投げて、それででんてこ舞いする姿を見ては笑うというのは日常茶飯事。

甘い容貌に百八十センチを超えるという、子犬のような外見に群がる女子が足を引っ張り合うのを見てはニヤニヤし、後始末は沙織に投げる。

気に入らない男が勤めるホストクラブに行っては、男を指名する女性客を全員魅了して閑古鳥を啼かせ、クビになるまで追い込む。

とにかく、やることなすこと滅茶苦茶だ。

読めない、が、なぜか憎めないのは、逸樹本人も自覚のある無邪気スマイルと、裏表のない爽快な性格故だろう。

今回だって、沙織が結婚したと聞いてからかうつもりなのか、一騒動あると嗅ぎつけて来たのか、帰国した逸樹は現在東京駅の至近にある五つ星ホテル暮らし。

それも親のすねをかじっているのではなく、高校時代からコツコツと小遣いを使いやっていた投資の余剰金でのスイートルーム滞在というのだから、まったく恐れ入る。

沙織など、家以外の場所に寝泊まりしたのは結婚してようやくだというのに。

「人妻終了宣言を受けた守頭が、どういう顔をしたのかすっごく気になるや。スマートフォンで写真とか撮らなかったの」

「撮るわけがありません。こちらは真剣でしたから。それと、さして表情に変化はありませんでしたよ」

やや驚いていたようではあるが、表情の変化がわかるほどの付き合いもなかったので、あくまで推測の域を出ない。

「なるほど。それも守頭瑛士っぽいといえばぽい」

「さっきから繰り返し旦那様の名前を言われてますが、そんなに有名なのですか」

嫌味かなにかかと思ったが、純粋に興味があるようだと気付き沙織は問いかける。

「そりゃね。投資の世界では寵児扱いだよ。……冷静にして大胆、即断かつ勇敢。これはどうかなっていう危ない橋も、持ち前の計算と揺るぎない判断力で切り抜けてしまう。その上、勘もいい。頼りにしてる資産家は多いよ。悔しいけど僕より一段か二段は上の投資家だ」

運ばれてきた新たなコーヒーに口を付け、逸樹は続ける。

「企業買収コンサルをやっている彼の会社だって、少数精鋭でそれぞれが優秀。報酬が破格なのもあって、今、話題になっている。……そのうち、日本の財界でも名前が出るようになるんじゃないかな」

守頭はそんなにすごい人物なのか。確かに忙しい人だとは思っていたが。

ただ冷淡というか感情の波が平坦な部分は納得できる。

先日だって、特に驚いた様子もなく、諭すように沙織と会話していた。

彼が感情を見せたのは、多分、沙織が見合い相手に不埒を働かれそうになったのを助けた時ぐらいだ。

(政略結婚の妻に、本音を見せる男性も多くはないでしょうけれど)

離婚を申し出た日だけは、少し様子が違うようだったが、それも熱を出した故の錯覚だったのかもしれない。

わからず沙織が黙っていると、逸樹が前のめりで尋ねてきた。

「それで？　離婚してくれるって？」

「……実家に融資した一億はどうするかと聞かれて、それでおしまいです」

一夜明けて今朝。沙織が目を覚ました時、熱はすっかり下がっていた上、珍しく守頭がいた。

これは話の続きができるかもと期待した瞬間に守頭の携帯からけたたましい電子音が鳴り響いた。

会社からの呼び出しだ。

守頭はそれでも、少し遅れるとか、待てないのかとか、沙織との時間を取ろうと抵抗していたようだが、結局は食事も取らぬまま出ていくこととなってしまった。

その時、申し訳なさそうに眉を寄せていたから、話をする気はあるらしい。

もともと、言葉が少なくはあるが沙織が問えば答える男だ。時間さえあれば離婚について話し合うことは可能だろう。

だが会社が——というより、あの秘書室長がそれを許さない。

頭の中に理知的な顔をしたセミロングの美女の顔が浮かび、沙織は思わず眉間に皺を寄せて溜息を吐く。

「どうしたの」

「いえ。……別に」

夫に愛人がいるかもしれない。など、簡単に口にだすべきことじゃない気がして、沙織は頭を振る。

仕事が多忙なのは本当なのだろう。

だが、その時彼の側に常にひとりの女の存在があるのがどうしてか気に食わない。

「もともと愛だの恋だのとは無縁の、借金のカタでしかない結婚なのに妻気取りは迷惑です。社長が本当に愛しているのは私だと仰ってるのに」と沙織に言い放った女——秘書室長の三見頼子が。

質の良くない毛織物を着た時のように、肌がチクチクする。

確かに相手の言う通りだが、沙織だって人形ではない。

愛がない結婚だと言われた挙げ句、本命は自分と宣言され悪意を向けられれば戸惑いもするし、不快だとも思う。

（ああやだ。そんなことを考えたいわけではないのに）

立ち上るコーヒーの湯気を散らしひと口飲んで、沙織は顔を上げる。

「それより、アメリカはどうでしたか。……逸樹さんの気風に合っていたようですが」

「まあね。いろいろ楽しかったよ。……日本に比べて規模も大きい国だから、あちこちに出かけて見聞を広めたり、取引も桁違いだからワクワクした。いくつかベンチャーの立ち上げにも投資したりしてね。それは順調」

そんな切り口で始まった逸樹の土産話を聞いて一時間ほどだろうか。

ふと、といった調子で彼が目を大きくし、スーツの内ポケットから封筒を出す。
凝った模様の封蝋が押された純白の封筒を、テーブルの上に載せて差し出され沙織は目を瞬かす。

「例の件の報酬、忘れるところだった」

「ああ」

逸樹があちらで仲良くなったとある企業のCEOが、日本の骨董をコレクションしており、その中に三つ揃いの掛け軸があったのだが、ひとつだけ欠けていたのを、沙織が知己――習いに行っている茶道の家元の三男がやっている骨董品屋なのだが――を頼って見つけ、鑑定から購入までを手配したのだ。

江戸琳派と呼ばれる筋の絵師が描いた仏画なのだが、西南戦争の折に行方がわからなくなったままだったとか。

他の二枚を手がかりに探すなど、海の中から針を探すようなものと逸樹がぼやいていたのを聞いた沙織が興味を持ち、画を見たところ記憶に似た絵が浮かんで、発見の運びとなった。

沙織は日本の芸術品に対して興味が強い。

もちろん素人の独学の域を出ないが、逸樹に言わせると眼力だけは一流だとか。

（まあ、それもこれも、子どもの頃から父の怒りに触れると土蔵に閉じ込められたおかげですけどね）

御所頭家にある三つの土蔵には、一体いつからあるのか知れぬ、家財道具や美術品が収められており、沙織は怒られて閉じ込められるたびに暗闇を怖れて泣くでもなく、あの桐箱、この桐箱と開いて、そこにある四季折々の掛け軸やら、螺鈿細工やらを飽きもせず眺めた。

今では、どこになにがあって、どういうものか父より詳しいぐらいだ。

それが高じて読む本も美術関係が多く、母にせがんで展覧会に足を運んでと目を磨いて来た。

思えば、美術品に関してだけは妙に運がいい。

欲しいとか見たいとか思うものがあれば、まるで磁石で引き寄せられるように沙織の触れられる——あるいは見に行ける範囲に現れるのだから。

（美術品を売って整理してしまえば、借金の一億など、すぐに返せてしまうでしょうに）

倉の中にあるものは先祖からの預かり物だということで、父は決して手を出さず、未だ門外不出のまま暗闇の中で埃をかぶっている。

コレクターが知ったら、よだれをたらしながら、それこそ地球の裏側からでも駆けつけるだろう品がいくらでも揃っているというのに。

それらを売って、商売にして地道に生きていけばと提案したものの、一蹴されたことを思いだしつつ封筒を開ければ、予想していた以上の金額が小切手となって記載されており目をみはる。

「これは、多すぎるわ」

中には二十万と書かれた小切手が一枚。

沙織の予想では、軽い食事代ぐらいだと思っていたのだが。

「むしろすごく少ない。正規に頼めば売買金額の五パーセントから七パーセントが相場だからね。沙織は素人だからまあ、このくらいかなと」

「そういうものですか。……ではありがたく頂きますね」

つい笑みがこぼれるのを止められない。

欲しいものはなんでも買ってやれと母に豪語していた通り、必要と訴えれば、翌日にはなんでもひと揃い部屋に置かれているような生活をしてきた沙織だが、ふたつのものだけは決して与えてもらえなかった。

ひとつはスマートフォン。もうひとつはお金——というより働く機会だ。

父曰く、金も連絡手段も女子どもに与えるとろくなことにならない。というわけだ。だから自分の働きによって、お金を得られたことが嬉しい。

人というのは不思議なもので、欲しいと言えば与えられる環境にいれば、逆に簡単に手に入ることがつまらなくなり、欲は自然に失せていく。

よって沙織は旧家で資産家（今は借金まみれだが）のお嬢様にも拘わらず、物欲も所有欲も薄かった。

守頭の秘書であった三見より、〝妻となったからには家政をこなしていただきたい〟とのことで、守頭の家に出入りしていた家政婦が解雇された時も、途方に暮れるより、これで掃除や洗濯を自分でできる上、食事の買い物もできるのだと内心嬉しかった。

なにもしなくていい、ただ恥ずかしくない嫁に、妻になる教養だけを学べと、当たり前の手伝いさえ滅多にさせてもらえず、夕飯の買い物だって出入りの業者が持ってきたものを使いこなすという生活だった沙織は、自由にあれこれできるのが嬉しくて仕方がない。

一応、好きな物があったら使えと守頭からクレジットの家族カードを渡されていたが、働いてもいない自分が使うのは気がひけて、家を整えるのに必要なもの以外を購入したことがない。

スマートフォンも購入してもらってはいたが、登録されている番号は守頭と実家のみで、ほとんど着信音がなることはなく、いつしか寝室のサイドボードに置きっぱなしとなってしまっていた。

そうであっても逸樹や学生時代の友人とは、パソコンのメールや筆でしたためた手紙でやりとりしているので特に不便はない。

「どうしましょう。私、小切手を換金なんてしたことがありません」

「だったら、一緒に銀行に行って換金しようか」

当たり前のように言う逸樹に御礼を言うと、彼は思いがけないことを口にした。

「それで離婚条件の一億円についてはどうするの？　必要なら僕が貸すけど」

逸樹の提案に沙織は目をみはり、声を潜める。

「逸樹さんから借りるのは嫌です。それだと借金の相手が変わるだけです。離婚できても逸樹さんと結婚しなければならなくなってしまいます」

真顔で訴えると、今度は逸樹が面食らったような顔をして髪を掻き乱す。

困った時の癖だ。

「……僕はそれでもかまわないけど。沙織と結婚したら楽しそうだし、これでも縁談は多いほうだけど？」

　それはそうだと思う。

　御所頭家ほどではないが天堂家も大概の名家だ。

　その上、守頭とはタイプが違うものの、線が柔らかく華やかな顔立ちは学生時代から女性に人気がある。

「逸樹さんとの共同作業は生徒会の時で懲りました。そういう話なら、謹んでお断りさせていただきます」

　きっぱりと言った途端、あわてた逸樹が身を乗り出して口を開く。

「待て！　待てってば、待ってよ。まったく。……そうじゃなくてさ。沙織に返すあてはあるのかってこと」

「それを言われると、なかなかに辛いのですが」

　熱が下がった日、慌ただしく出かける守頭に「今日は一日家で休んでいろ」と言われた。

　それを幸いにネットを使って就職先を見つけようとしたが、採用条件や仕事の内容にわからないことがあり、学生時代の友人にSNSのメッセージで相談するも、「沙織が働くなんて、とんでもない！」とか「どうして働こうと思うのかしら？」と返事されるばかり。

良家の令息令嬢が通う小中高一貫校に行っていたのだから、沙織の友人もまた資産家の娘や、社長令嬢で、大学に行った人よりは花嫁修業にと、お稽古事や社交界のマナーやしきたりを教える花嫁学校——フィニッシングスクール——に通う子ばかり。

働きたい沙織のほうが少数派だった。

そんな事情を説明すると、逸樹は苦笑しつつ「そうだろうね」と肩をすくめた。

「じゃあ、今のところあてはないんだね？　だったら、僕がやっている美術品投資を手伝う……っていうのはどうだろう」

「美術品投資を？」

逸樹がやっているのは骨董品や美術品を、欲しがるクライアントに渡すものだ。が、古く名のある品ほど贋作や模造品が多い。

今は専任の鑑定士や鑑定会社にすべてを任せているが、取引量が増えてきたことやすべてを鑑定士に任せると、そこそこの料金がかかってしまうため、下見や資料準備などの基本的な業務ができる人材を探しているのだそうだ。

今回、沙織が逸樹の仕事を手伝ったのも、いよいよ人手が足りなくなった逸樹が泣きついた（強引にお願いしたとも言う）という経緯がある。

コーヒーをひと口飲んで、逸樹は続ける。

「ほら、学生時代、国立芸大に行って美術売買関係の仕事に就きたいと言っていただろう。今回仕事を頼んでわかったけど、君なら適任だと思う」

ちょうど、手頃な人材を探していたけど見つからなくてさ、と言われ沙織は目を瞬かす。

「報酬は美術品の売却額に合わせた出来高になっちゃうけど、悪い額じゃないと思う。どうかな」

それで一億円稼げるかどうかは疑問だが、普通の人のように普通に働いて、普通に生きていく道が示されたことに顔が輝く。

「でしたら善は急げです。……今日は、付き合ってもらえるのでしょう?」

就職するならいろいろ勉強をしなければならないし、スーツも多分必要だろう。

「教えてもらいたいこともありますし、もっと詳しい話をお聞きしたいです!」

「もちろん、沙織姫の仰せのままに」

学生時代と変わらないノリで軽口を叩く逸樹を前に、沙織は、初めてお菓子を貰った幼女のようにニコニコと笑顔を振りまいていた。

帰宅した頃にはすっかりと外は暗くなっていた。

だが、沙織の気分は真昼よりも明るい。

銀行に行って、逸樹の付き添いで謝礼の小切手を換金し、初めて、自分専用のクレジットカードを作る。

なにもかもが初めての体験でドキドキした。

これで気兼ねなく、自分の好きな時に好きなものを買えるのかと思うと嬉しくて、ピカピカで真っ赤なクレジットカードを財布に入れたり、出したりを繰り返しては微笑んで、仕舞いには逸樹に呆れられる有様だが、そんなことすら気にならない。

そのまま最初の喫茶室へ戻り仕事の詳しい内容とやることを、これまた下ろしたばかりの現金で購入したノートと万年筆で詳細にメモして、頭の中に叩き込んでとしているうちに時間は過ぎて、彼の車で家まで送ってもらったら、もう夜になっていた。

普段なら、食事の用意を急がなければとあわてるが、今日は余裕がある。

というのも、離婚して出て行くつもりで作り置いた惣菜が山のように冷蔵庫に入っているからだ。

顔見知りのコンシェルジュにご機嫌ですねと微笑まれ、とてもいい一日でしたと返しエレベーターに乗って、最上階のワンフロアを専有している守頭の家に戻る。

帰ったら逸樹が薦めてくれた本を読んで勉強しようと、やることを考えながらドアを開けた沙織は、そこで一気に気分が冷めていくのを感じる。

玄関に、黒いハイヒールがひとつあったからだ。

裏張りが深紅で知られるハイブランドのハイヒールなど、沙織は持っていないし、持っていたとしても合うような洋服もない。

草履を脱ぎつつ大理石張りの玄関を見るも、他に靴はない。

ということは守頭は戻ってきていないか、戻ってきたが先に出ていったかのどちらかだろう。

（また、あの秘書が来ているのね）

途端に気分が重くなるのを感じながら足音を殺し廊下を歩いていると、わずかに開いた浴室の引き戸から水音が聞こえてくる。

開けるべきかどうするか。

五分ほど悩んでいると水音が止まり、バスローブを纏った女性が出てきた。

背の高い美人だ。髪の長さは肩ほどまで切りそろえられているが、それがきりりとした顔によく似合っている。

胸はつんと突き出てバスローブを押し上げ、ウエストは見てわかるほどほっそりしている。尻の形だっていい。

守頭と並んだらファッション誌の表紙を飾れるだろう見事なモデル体型と整った顔の女は、守頭が結婚するまでは彼の第一秘書を務め、今は秘書室長に昇格し、引き継ぎのために第二秘書をも兼任している三見頼子だ。

彼女の名前とともに、嫌な噂をも思い出し顔をしかめていると、相手は男なら誰もがうっとりするだろう妖艶な笑みを見せてから口を開いた。

「あら？　戻られたのですね、奥様」

奥様という単語にたっぷり皮肉をまぶしながら言われ、沙織は面食らう。

「ええ。……シャワー、浴びられていたんですね」

「これからあるパーティーに、社長が着ていくスーツを取りに伺ったのですが、ご不在のようで勝手に入らせていただきました。場所はわかっていましたし」

言葉に、この家のことなら沙織以上に知っている。守頭と暮らしたことを疑われてもかまわないという開き直りを見せつつ言われ、胸がずきりと痛んだ。

「急いでいたもので汗を掻いてしまって。瑛士さん……いえ、社長からは好きにしていいと言われましたし、パーティーのために香水を付け替える必要もありましたので」

三見は肩をすくめて腕を撫でる。

昼のビジネスシーンと、夜のパーティーで香水を変えるのは一種のマナーだ。

仕事中は邪魔にならず清潔感のあるものが似合いでも、夜のパーティーでは華やかさに欠けるし、仕事を思わせ場にそぐわない。

だから蘭や薔薇などのゴージャスな香りにイブニングドレスや、格式の高い着物で出席するのが普通ではあるし、守頭の許しが出ているなら沙織がとやかく言う権利はないとわかっているが。

（瑛士さんって、まだ、名前で呼ぶような関係なのだわ……）

もう彼の秘書ではないのに。

第二秘書と名乗っているが、引き継ぎで今の秘書——第一秘書の初瀬川《はせがわ》と関わるぐらいだと聞かされていたが、そうではないようだ。

変わらず彼の側にいて、必要とされているに違いない。

でなければ、部下に自宅を好きにしていいと言わず、言われたほうもシャワーを使ったりしないだろう。

どうかするとベッドも——。

考えた瞬間、どうしようもない虚しさが沙織を襲う。

愛し合うふたりの間に入っているのは自分で、邪魔なのはわかる。けれど、結婚を決めたのは守頭だ。愛する人が他にいるのなら、いっそ離婚してほしいと思う。

（そうすればこれ以上、こんな気持ちに悩まされずに済むのに）

そんなことを考えていると、三見が猫のように目を細め笑った。

「それで？　奥様、私、このままでは風邪をひいてしまいますし、十九時からのパーティーに遅れてしまいます」

道化めいた仕草で肩をすくめ、三見は続けた。

「私、いつも通り、社長よりパーティーに同行してほしいと頼まれていますの。奥様より仕事を熟知している私のほうが頼りになるからと」

「そう、ですか」

胸に三見の台詞がぐさりと突き刺さる。

結婚してからずっとこんな調子だ。

最初こそ社交の場への招待状に、一緒に出るかと聞いてくれたが、直前になってから秘書——三見に「社長が、想定以上に妻が世間知らずで幼稚だから、ビジネスを伴う社交の場に出せないとご判断されて代わりに私が」と言われて以後、一度も誘われたことはない。

だから稽古事はより一層真剣に打ち込んだし、同じ教室に出入りする生徒やお弟子さんとの交流も欠かさず、社交に繋ぐべく、妻として必要とされるよう努力した。

なのに、まるで守頭から頼りにされていないのが悲しい。

これ以上、三見と不毛な言い争いをしたくなくて、沙織は問いかけを無視して自室へと向かう。

その背後で、これ見よがしに三見が含み笑いするのを聞きつつ扉を閉めると、そのままぺたりと床へ座る。

離婚の理由は、妻として求められることもなく、公の場に連れ出されるでもなく、京都に住んでいた時と同じように籠の鳥の暮らしを強いられるから。

できる限りの努力はした。

最初のお見合い相手に襲われそうだったところを助けてもらったし、実家だって救ってもらっている。

――この人は、言葉が少ないだけで、きっといい人なのだ。誠実なのだ。

そう思って、守頭が御所頭家の名を望むなら、苦手なパーティーへの参加や上流階級の社交だって積極的にこなしていこうと、稽古先での交流に、手紙のやりとりにとがんばった。

だけどそのたびに、三見から「子ども騙しで幼稚」と嫌味を言われ、「ビジネスの場にはお飾りの妻より、仕事ができる秘書がいい」と守頭が言っていたと聞かされ、だんだん心が折れていった。

——守頭が欲しいのは、本当に、御所頭という名前だけで、妻など居ても居なくてもかまわないのだと。

溜息がこぼれる。まだ家にいる三見に聞かれるのは嫌だが、幸いなことにこのマンションの防音性はそこそこに高い。溜息ひとつぐらい聞こえないだろう。

それに三見だって、沙織の存在など嬉しくないに決まっている。

(周囲はもちろん、ご本人も結婚されるつもりだったんですもんね)

結婚してしばらく経ってのことだ。

一階に詰めているコンシェルジュから来客の知らせが入り、また三見さんかしらと溜息をつけば、見知らぬ男性が立っていた。

驚き、警戒していると相手は名刺を出してきて「ご主人から資料を取ってくるよう言いつけられまして」と言う。

社章と名刺を見せられ、この人も守頭の秘書かと思いつつ笑顔を返すが、尋ねて来た男が沙織を見る目が上司の妻を見る目ではない。

戸惑っていると、相手はまるで沙織の意見や感情を無視して話しだした。

曰く、自分は三見と同じく、守頭とは会社を立ち上げた時からの仲であり、ふたりをずっと見てきた。

勘が鈍いお嬢様にはわからないだろうが、あのふたりは随分前から恋人同士で、社員のほとんどはふたりが結婚すると思っていた。

なのに、沙織のせいで引き裂かれた。

「奥様の存在は、社内で反感を買ってますよ」

そう締めくくり、乱暴に扉を閉めて出ていった。

けれど沙織は守頭に恋人がいるなど知らなかった。

そもそも彼との結婚も唐突なことだった。

守頭は、人柄として誠実なところが好ましく、父のように沙織の意見を無下にせず、きちんと聞いて答えてくれるところが好きだったのに、裏切られたようで……。

——自由になりたい、と思う。

三見の言うことに傷つくのも嫌だが、なにより、これ以上、守頭のことを嫌いたくない。

出会った頃のままの記憶を持って、嫌な感情を抱かずに、清く、正しく、背筋を伸ばして生きていきたい。

沙織は、強く、そう思っていた。

◇◆◇

守頭瑛士が最後のメールを送信し終わったと同時に、社長室のドアが開く。

流れ込んでくる薔薇の香りで気付いた守頭は、パソコンのディスプレイから目も離さず不機嫌に言い放った。

「ノックしろと言ったはずだが」

「あら。急いでいましたので忘れてしまいましたわ。大変失礼を」

そう口にしているものの、この癖が改善されることはない。

最近では注意するのも面倒で放置していたが、それで見放されたと思わず、自分が特別だと周囲に見せつけるよう、ますます大胆にドアを開けるのだから底が浅い。

溜息をつきつつ目元を揉み、デスクの上の時計を確認すると、十八時十五分を指していた。

「遅かったな。スーツを取りに行くだけなのに。その上、頼んだのは君にではなく、第一秘書の初瀬川にだったはずだが」

「初瀬川君は、明日のスケジュール調整で手が離せないようでしたので、代わりに私が。それとついでに、自宅に帰ってシャワーを浴びさせていただきました。昼のままではメイクも香水も場違いですので」

仕事をするには派手な赤いルージュを塗った唇を、艶然とした笑みに歪めつつ秘書室長兼第二秘書の三見が言う。

聞いた途端、眉間の皺が深くなる。

「どうして君が？　私は午前中のうちに妻に今夜のパーティーに同伴してくれるよう連絡を頼んだはずだが」

本当なら、自分から電話をしたかったが、今日は午前中からクライアントとの打合せを分単位で入れこんであり、昼食すら取る機会がなかった。

「奥様はお出かけのようで連絡が取れず。個人的なスマートフォンの連絡先は存じ上げませんので」

初瀬川に聞けばいいだろう。と言いたいが、言ったところでのらりくらりと話を逸らされるのは目に見えていた。

「どちらにしても、私がスーツを取りに行った時に帰宅されたようでしたから、来るのは無理かと」

空いた時間に、と伝えていたからそんなギリギリに行かなくてもいいはずなのだが、あえて夕方に行って、時間がないと断らせたかったのだろう。

(初瀬川には厳しく言わないとな。……いちいち三見に報告するなと)

そもそも、第二秘書という役職も彼女が勝手に名乗っているだけだ。秘書室長の役職に、休暇を取った秘書の代理や新人のフォローが入っているが、守頭の秘書となって一年経つ初瀬川にフォローは必要ないだろう。

いずれ三見は解雇するつもりだが、今はそれだけの材料がない。

(例の件に関しても、もう少し泳がせておく必要がある)

感情的になりそうな自分に言い聞かせ、守頭は短く伝える。

「着替える」

「先に移動されては？　会場のホテルに部屋をお取りしております。会社だと落ち着いて準備できませんし」

当然のように言われ、それもどうなんだと思う。

これまでならよしとしていたが、今は既婚者だ。用もないのにホテルの部屋に女と出入りするような真似はしたくない。

かといって会社で着替えるとなればそれはそれで頭が痛い。

社長室がある守頭はともかく、三見はこれ見よがしに更衣室でドレスに着替え、妻の代わりに守頭の同伴者としてパーティーへ行くのだと吹聴しまくるだろう。

若い女性社員から、女房面をしたお局様と陰口を叩かれようがどこ吹く風で。

「だったら初瀬川も連れていく。仕事ならホテルの部屋でもできるだろう。なにかあったときのために待機させたい」

こうすれば女とふたりきりという状況にはならない。折衷案な上に自分の用事で多忙な初瀬川を付き合わせるのは気がひけたが、それより他に、なにより沙織にどう思われるかが重要だ。

（離婚を言い出すぐらいだからな）

妻としての実体がない、だから離婚すると主張された時、大方、三見が原因なのだろうと思った。

沙織と結婚するにあたって、不自由はさせないと決めていた。

だから家政婦の人員も増やすように手配した。もっとも、行き違いで逆に減らされていたようだが。

習い事に関しても同じ流派の教室を徹底して調べさせ、送迎も手配した。

欲しいものがあればいつでも買えるように、限度額無制限の家族カードを渡していたし、コンシェルジュに頼めば懇意にしているデパートから外商が来るように手配もできている。

不満など、これまで一度だって聞いたことがなかったたし、不自由させないよう気を配っていたのに、沙織が離婚したいと言うなら、それは守頭あるいはその身辺に不満があるとしか思えない。

三見を早く遠ざけたい。が、今は無理だ。

三見は親が製薬会社の社長だったが、薬品倉庫で火事を出し会社の株を落とした。そこに目を付け、守頭が買収したのだが、三見の親から株を買う際、価格を抑える代わりに、会社で秘書をしている娘を雇ってもらえないかと打診された。

守頭自身、さして秘書は必要ではなかったが、それで安く買いたたけるものなら、人ひとりの人件費など安いものだ。

その上、三見の製薬会社は近年流行しだした新種のウイルスを予防するワクチンの開発にも参加しており、今後の成長は十分に見込めた。

当時、ライバル他社も手を伸ばしていたこともあり、まあ、四、五年ほど雇っておけば、三見も三十半ば近くなり、いずれ見合いして寿退社するだろうと安易に考えたのは失敗だった。

最初こそ、控えめで気が利く、その上頭の回転がいい——つまり、使い勝手のいい有能な秘書であったが、年を経るごとに守頭のプライベートに踏み込んできては、恋人面、沙織と電撃結婚してからはあからさまに女房面をし始めた。

それが疎ましくて秘書室長へ昇進を装った異動をさせたのだが、相手は諦めが悪く、新たに秘書となった初瀬川には、社長秘書は重いからフォローするという名目で、変わらず守頭の側をうろついている。

結婚市場における自分の価値は、嫌でも知っている。

というのも、パーティーに出れば既婚未婚を問わず秋波の眼差しを送られるならまだいいほう。ずっとつきまとってきたり、あるいは親が娘を売り込もうと長々と引き留めてくる。

もともと恋愛にも結婚にも興味が薄い上、自分の外見と資産しか見ない者たちに好意を抱けるわけがない。

三見も同様で、欠片ほども好意がない。

自分の外見に自信を持ち、磨くことに余念がないのはまあいい。

だが、それで男が自分の思うままに動く、あるいは落とせると思い上がっているところが気に食わない。

秘書としてかつ、女避けとして有能だったため側に置いていたが、結婚した以上は用済みだ。

さっさと追い払い、同伴者の座に沙織が欲しい。

そう思うのに、当の本人は気が乗らない、体調が悪い、準備が整わないと断ってくるばかりで、まるで守頭に付き添う気がない様子だったと三見から聞かされるばかり。

（それも恐らく、三見が嘘をついていたのだろうが）

責めることはできるが、証拠がないのでは相手に逃げられる可能性もある。

やるなら徹底してやるべきだ。

沙織にも、離婚の話も含めて、社交の場に同伴してほしいとも、きちんと本人を前に聞くべきだと、頭の中のメモ帳に赤字で記載しつつ、守頭は社長の椅子から立ち上がった。


パーティーは散々だった。

人が多いせいか、話をしたい、伝手を作りたいと思った人物はなかなか捕まらない上、好奇に満ちた周囲の視線がひと際気持ちを苛立たせた。

理由はわかっている。妻ではなく秘書の三見を連れているからだ。

同伴と言えば妻か母や姉妹が通常で、遠くて従姉妹まで。さもなければ婚約者が暗黙の了解の中、会社の秘書を連れている男は多くない。

年がいっていて支えが必要なものならいざ知らず、まだ若く、独身でも相手が定まってないわけでもない守頭が秘書を連れているというのは、これは愛人ですと告げているようなものだ。

いくら塩対応でろくに話も返さないという態度を取っていても、隣に立つ三見が始終ニコニコ上機嫌にしていれば、嫌な噂から逃れようがない。

しかも今回の主催者の妻は神戸《こうべ》出身で、華道では沙織の姉弟子にあたる筋の人。

挨拶の時に冷ややかな目で見つめられ、奥様はお元気？と、実にとげとげしい声で言われた時から、今夜は参加を見送るべきだったと悟る。

途中、海外から仕事の電話が来たので、これ幸いと場を離れれば、飼い主が引き綱を放した犬よろしく、三見は見えない尻尾を振りながら独身男性たちの輪に入り、社交マナーもなにもない、あけすけな冗談――下ネタぎりぎりなやつだ――に声をあげて笑っていた。

一応でも社長令嬢であったのだから、それなりのマナーは備えているが、こういう上流の社交界では喜ばれない態度だ。

実際、三見の側に寄っているのは遊び人の噂も絶えない、女を引っかけては連れ回し、飽きては捨てると有名な令息グループで、人の輪からくっきり浮いていた。

連れ戻す気にもなれず、壁際でぼんやりそれを見つめ、左手の薬指に嵌まる結婚指輪を回していると、懇意にしているクライアントのマダムが、訳知り顔で困った物ねと苦笑した。

まったくだ。

無言でうなずき、その後密かに、マダムから三見に関する情報を得られたことだけが唯一の収穫だろう。

まだ会場で挨拶しきってないと、パーティーから抜けるのを渋る三見をにらみつけ、明日も早朝から会議があると早々に抜け出し、会社の手配したリムジンに三見だけを押し込んで、守頭はタクシーで自宅へ戻る。

途中で渋滞にはまってしまい、その間、ずっと沙織にメッセージを送っていたが、まったく既読のマークが付かない。

(眠っているのか)

基本的に沙織が寝る時間は早い。どうかすると二十二時には寝てしまう。

その頃に帰宅することが多い守頭とは完全に逆だ。

（それでも自分は、結婚して良かったと思っている）

お帰りなさい。お休みなさい。たったそれだけの会話でも、疲れて色褪せた世界が鮮やかなものに感じられるし、挨拶できなくても、眠る沙織の顔を見るだけで、訳もなく幸せだと感じたりする。

それがどれほど癒やしになっているか。

日中は気を緩める隙など一切ない、金と情報をやりとりし相手を潰す、潰さないのビジネスに明け暮れ神経をすり減らし、情を抱いて判断を狂わせないよう、あえて緊張させ平坦に保っている心が、沙織を見るだけで、柔らかく心地よいものへと変わっていく。

残念に思いつつ溜息を吐いていると、タクシーが自宅のあるマンションの前に着いたので車を降りた。

エレベーターを最上階で降り、エントランスにある応接セットの間を抜ければ、そこはもう守頭の家だ。

カードキーをかざしドアを開けると、人感センサーが働きライトが灯る。

これは寝ているな、とスーツのタイを緩めながら奥へ進めばリビングの明かりが煌々と付いていた。

昨日の今日だ。話をしようと守頭を待っていたのかもしれない。

「……起きているのか」

（俺を、待っていた、のか？）

途端、勝手に顔が緩み微笑みの形になる。もっとも、長年無表情でいたため、守頭が微笑んでいることに気付けるのは付き合いが長い友人だけに限るが。

一瞬で疲れが消えるのを自覚しつつ相手に近寄る。

（座ったまま寝ていては首を痛めるかもしれないし、なにより風邪を引いてしまう）

ソファの背に垂れる黒髪に指を沿わせ、すくい上げた瞬間だった。

「ひゃっ……！」

沙織の口から小さな悲鳴が上がり、同時に紙の束が床に落ちるような音が響く。

驚き上向く沙織の頭越しに彼女の手元を見れば、開いた手の間から本が一冊、床に落ちていた。

「……経済書……？」

守頭の書斎にある本の中で、比較的優しい内容のものだと気付き声をあげれば、顎の下から声がする。

「ごめんなさい、勝手に書斎の本を借りて。でも、どうしても読んでみたくて」

焦った声に下を向けば、吐息がかかるほど近くに沙織の顔がありドキリとする。

相手もそうなのか、白く、誰も踏みしめたことのない雪のような肌がほのかに朱を帯び色づいていく。

綺麗だな、と素直に思った。

先染めの桜色から熟した桃の瑞々しい色、最後に紅梅と、四季に咲き、実り、綻ぶ華や果実の朱を表す頬に見蕩れてしまう。

どうやったら、こんな綺麗な色になるのか。

自分と同じ肌とは思えず、ほとんど無意識に手を動かし、指先で沙織のこめかみから頬を撫でていた。

「ッ……っ、だ、旦那様」

素っ頓狂に裏返った声で我に返れば、真っ赤になった沙織が目を逸らしながら「近いです」と訴える。

危ない。どうかするとキスしてしまうところだった。

理性も常識も関係なく、そうすることが正しいように思えてしまうとは。

（パーティーで飲みすぎたか……）

そんなつもりはないのだが、どうも調子が狂っている。

沙織に手を出しそうになるとは。

彼女には話をしていないが、ひとつだけ自分で決めていることがある。

――守頭の名を使い、御所頭家に詐欺を働いた犯人を見つけるまでは、沙織を抱かない。と。

今の状態で彼女を求め、抱いてしまえば、多分一生後悔する。

この結婚は、沙織を手に入れるための方便だったとはいえ、彼女と結婚するために御所頭家に一億を融資し成り立ったものだ。

そのため、今抱いては、彼女に金で買った、買われたという感情を残してしまう。

それはなぜかためらわれた。

結ばれるのであれば違う形で、お互いに恋がなにかを理解した上で求め、求められたいと思う。

自分の中にそんなロマンチストな部分があることを面白く思いつつ、守頭が姿勢を正すと、沙織がわずかに焦りつつ立ち上がり、本を拾ってソファの横にあるコーヒーテーブルの上へ置く。

「お、お帰りなさいませ旦那様……あの、さっきのは、一体」

「いや、少し飲みすぎたようだ。気にしないでくれ」

他にもっと話せればいいのだが、女性をまともに相手にしたことがないので、どう話せばいいのか迷ってしまう。

迷っているうちに時間が過ぎて、今度は間の抜けた沈黙になり、どうにも会話が上手く行かない。

ビジネスでは口が堅く信頼できると言われる、相手を読み切ってからしか口を開かない自分の慎重さが、今はわずらわしい。

「本、お返ししますね。ページは曲がってないようですし」

「いや、君が持って読んでいてもかまわない。……書斎も仕事関係のものは鍵をかけた引き出しにあるから、触れられるものには触れてかまわない。この家にあるものはすべて君のものでもあるのだから」

説明ならこんなに簡単に出てくるのに、普通の会話が思いつかないのはなぜだろう。

わからず、つい眉を寄せていると、沙織が萎縮したように身を小さくする。

「別に怒ってるわけでもない」

付け加える。そしてまた沈黙。

「そう……ですか……ッ」

ためらいつつ、沙織が口にした途端口ではなく、沙織の帯——もとい、腹から変な音が聞こえ、また彼女が赤面する。

「すっ、すみません。私、本を読むのに夢中で食事を摂り忘れていて」

言いつつスマートフォンを取り、あ、とまた声をあげる。

サイドボタンを押しても押しても真っ黒な画面のままなそれは、電源が切れている証拠だった。

(どうりで既読にならないわけだ)

理解した途端、溜息が落ち、間の悪いことに守頭の腹も鳴る。

どうやら、今宵の沙織と守頭は口より腹が雄弁なようだ。

「旦那様も御食事はまだで?」

「そういえば昨日の夜から食べた記憶がないな」

途中でコーヒーを飲んだ記憶はあるが、パーティーは不愉快が先に立ち軽食にすら目が行かなかったのを思い出す。

「どうしましょうか。昨日私が作り置きしていたからおかずはありますが、御飯を炊くのも時間がかかりますし。……冷凍はあったと思うので確認を」

身を翻し、台所へ向かおうとする沙織の腕を咄嗟に掴んでいた。

「待て」

「あ、その前にお水ですよね？」

酔いざましをお持ちします——などという沙織に違うと頭を振る。

「先に食事にしよう。君も食べていないんだろう。お互い、食べないままでは身体によくない」

言うなり、守頭はスーツのジャケットを脱ぎ捨て、ネクタイとともどもソファの背に放る。

「あ、私が用意します」

「いや、昨日も、その前も君が作ったんだろう。なら俺……じゃない、私が」

うっかり地が出て俺といいかけ、急ぎ言い直すと沙織が目を丸くし、しばらく置いて吹き出した。

「別に、俺でもかまいませんよ旦那様」

ふふっと愛らしく笑いながら、沙織は緩やかな仕草で守頭の手を自分の腕から解いて、蝶の動きで身を翻す。

初めて会った時と同じ笑顔を向けられ、見蕩れ、逃れられ、守頭はどうしていいかわからず、台所に立ち白い割烹着を身に着けだした沙織をまぶしげに見つめながら、思う。

この笑顔を守りたい。手放せない。

ふたりで共有した今のような時間を増やし、続けたい。そのためならなんだってする。

(そのためには、俺自身を意識してもらわなければ)

夫以前に、ひとりの男として。

◇◆◇

冷凍御飯と卵、それに葱が余っていたので、それで雑炊を作ることにした。

(夜は遅いし、お腹が温まったほうが寝付きがいいですし)

その代わり、明日は朝、しっかりと作ろうと思いつつ、沸騰しただし汁の中に冷凍御飯を入れて掻き回し溶かす。

横では、シャツを肘までまくった守頭が予想外に器用な包丁さばきで葱を小口切りにしていく。

(変ですね)

離婚を言い出したのは先日なのに、今日は並んで晩ごはんだか夜食だかわからないものを作っている。

仲がいいのか悪いのかわからない。

でも少し夫婦らしくて、なんだか嬉しい。

(どうして嬉しいのか、わからないのですけれど)

きっと手伝ってもらえるのが嬉しいに違いないと、自分を納得させる。

実家では、料理などは女子どもと使用人の仕事と豪語し、父は台所によりつきもしなかった。

そのくせ、味にはあれこれうるさくて、おかずは常に五皿以上が当たり前。

当然皿も下げる気がないという亭主関白ぶりを見ていた沙織には、頼んだわけでもないのに、こうして当たり前に手伝ってくれる守頭が新鮮に見えた。

「料理、できるんですね」

独り言に終わるかもと思いつつ、そろそろと聞けば、相手はちょっと驚いた風に言葉を詰まらせ、だがすぐに答を返す。

「大学時代はひとり暮らしだったからな。ある程度はできる。……仕事をし始めてからはその時間が勿体なくて人任せにしていたが」

「なにができるんですか」

「基本的なものだけだな。パスタ、うどん、ルウから作るカレーとシチュー、あとはオムレツの具が入ったスクランブルエッグ」

「それは、オムレツをひっくり返し損ねただけでは……?」

「そうとも言う」

相変わらず淡々とした口調だが、沙織が言うと率直な答を返す守頭を見ているうちに、沙織はなんとなく理解した。

彼は話し下手か寡黙なだけで、決して無関心ではなかったのではないだろうか。

そんなことを考えているうちに卵と葱だけのシンプルな雑炊ができあがり、ふたりで鍋を囲んで頂きますを言う。

空腹だったからか、大した具も入ってない雑炊なのに妙に美味しくて、漆塗りの匙を黙々と動かす。

そうやって腹が満たされ心が和んだ頃合いに、唐突に守頭が匙を置いて口を開いた。

「美味しかった」

「え」

「今までも、食事をありがとう。行き違いがあったとはいえ、今まで食事は家政婦が作っていたとばかり思っていたから、君に御礼を言えてなかった。……苦労をさせたな」

静かな、だからこそ心からだとわかる台詞に、どうしてかドキリとしてしまう。

「言うほど大したものは作ってませんよ？」

「いや、それでも折角作ったのに、ありがとうも美味しいもなくて傷つけたことは確かだろうから」

「そんな……それに言うほど苦労はありませんでしたよ？　実家と違って新しい家電は揃ってますし、料理や洗濯も、これから離婚してひとり暮らしすると思えば修業のうちです」

いずれ自立してやらなければならないなら、今でも同じだと言外に含ませ笑うと守頭は顔をしかめて黙ったまま、空になった土鍋とふたり分の茶碗をシンクへ下げる。

「あ、私が……」

そう口にし立ち上がろうとしたが、視線で留められた。

洗い物が少ないからか、仕事同様に手際がいいからか、守頭の皿洗いはあっというまに終わってしまい、それから黙ったまま自室にしている客室へ消える。

怒らせてしまったのだろうか。

（離婚って単語を出したから？　でもどうして？）

今日、初めて一緒に料理を作ったが、それまではまったく夫婦らしいことのない夫婦で、他人に戻ることになんの問題もないはずなのに。

沙織がうなだれ考え込んでいると、消えたはずの足音が戻ってきた。

「こっちへ」

壊れ物に触るように、そっと手を取られソファに並んで座らされる。

どうしたのかと見れば、守頭の手には南フランスのプロヴァンス地方をテーマとする化粧品メーカーの、真新しいハンドクリームのアルミチューブが握られていた。

「手を貸してくれないか」

蓋を開けつつ守頭が言うのに従い、恐る恐る両手を差し出せば、彼は捧げ持つようにして沙織の手を自分の手の平に収め、見つめる。

それから、結婚を申し出た時と同じ丁寧さで薬指の結婚指輪を外し、そっと、そっと、手にとったハンドクリームを沙織の手に塗っていく。

「少しだが、荒れている」

「ごめんなさい」

手入れを怠っていたのを思い出すと、守頭は伏し目がちに頭を振る。

「怒ってない。責めてない。……ただ、申し訳ないだけだ」

手の甲に手を重ねて優しく撫でられる。

途端、むず痒いような、それでいてなにか誇らしさに似た高揚感も感じて、沙織は内心戸惑っていた。

恥ずかしいから手を引っ込めたいのと、このまま撫で労られていたいのと。どちらともつかない気持ちの揺れが、そのまま心臓の鼓動を逸らせる。

大きな手、少し熱い体温、長く骨張った指。綺麗な筋が見える手の甲。

こんな風に男の人の手をしっかり見るのは初めてで、なんだかとても——色気を感じてしまう。

(変だわ。さっきから気持ちが落ち着かない)

捉えどころのない感情が少しずつ胸に広がっていくのに息を落とせば、沙織にハンドクリームを塗っていた手を止め守頭が視線を上げる。

切れ長の瞳に影を落とす長いまつげ、高い鼻梁。

すっきりとして秀でた額は今にも沙織の額にくっつきそうだ。

一途に自分を見つめる瞳は金茶で透き通っていて、まるで心の落ち着かなさを見透かされているようで恥ずかしい。なのに視線を外せない。

このまま顔が近づけば唇が触れてキスになる。その時自分はなにを思うだろう。

そんなことを考えていると、守頭が沙織の手に指を絡めて強く握り――。

「終わった」

「え」

「塗り終わった。……綺麗な手だ。大切にするといい」

沙織だけでなく、守頭にとっても大切だという風に握った手をゆっくり上下に揺らし、それから名残惜しげに力が抜かれ指が沙織の手から離れていく。

それにわずかな寂しさを覚えつつ顔を上げると、守頭がどこか物憂い溜息をついて目を閉ざし、だがすぐにまぶたを持ち上げる。

「三見がなにを言ったとしても、耳を貸す必要はない」

唐突に言われ、今度は沙織が目を瞬かす。

「大方、俺の恋人だったただのなんだの口にしただろうが、あの女が勝手に吹聴していることだ。……だが、沙織に苦労を掛けたことは度しがたい。今すぐは無理だが、近く手を打つ。家にも近寄らせない。それまでは辛抱してくれないか」

そんな遠慮しなくてもいいですよ。愛人なのでしょう？　そう笑って流すつもりだった。

もともと恋愛感情などなにひとつない、政略結婚といっても守頭にはさしたる利点もない、一億で買われた花嫁が本命の恋人に口を出す立場ではないのだから。

ただ、あの当たりの強さや嫌がらせだけなんとかしてもらえればと思っていたが、離婚するのだから今となってはそれもどうでもいい。あと少しの我慢だ。

沙織はそう伝える気だったのに、どうしてか、守頭が三見のことを〝あの女〟と憎々しげに吐き捨てた時から、ふたりが無関係であるとわかってしまった。

強い疎ましさや嫌悪が、守頭の低い声に含まれていたのもある。だけどそれより、彼の一途な——真っ直ぐすぎる視線に反論がすべて霧散してしまった。

「大丈夫、です」

「本当にそうならいいが。我慢だけはするな。……俺になにか言う対等の権利を持つのは妻の沙織だけだ」

率直で強すぎる台詞に、なぜか強く胸が痛む。

こんな風に考えていたなんて、知りたくなかった。離婚すると決めた後になってから。

胸の痛みをごまかしたくて、沙織はあえて明るい笑顔を作りまるで違うことを口にする。

「対等の権利があるなら、ひとつお願いをしていいですか?」

「なんなりと」

ふと表情を緩め、まぶしいものを見るように守頭が視線を和らげる。

なので、反対されるのを承知で沙織は離婚への第一歩を口にした。

──「私、働きたいです」と。

4．働くお嬢様と悩める旦那様

逸樹が行っている美術品投資の元となる美術品や骨董品の仕入れは、常時ネットで開催されている美術品専門サイトでの入札取引、イギリスやフランス、そして香港《ホンコン》などの現地で開催される大手オークションハウスが開催するオークション、最後に遺産整理など個人が鑑定依頼、あるいは開催するオークションでの入札が主流だ。

沙織の仕事は、それらに出されている膨大な出品物の中から、取引のあるクライアントが興味を持ちそうなものをピックアップし、資料を作成することだった。

沙織が担当しているのは、日本の茶道で使用する茶杓や棗《なつめ》、茶碗などの茶道具と、壷などの陶磁器の作者の調査や価値を概算で出すことだが、とんでもなく数が多い。

皿ひとつ取っても、白磁に彩色、産地によるものから、高額なものになると何代目なんとか右衛門だとか、人間国宝のなんとか竹翁とか名のある陶工の品がある上、明治何年だ、江戸だ、大正だと、時代だけでなく西暦が一年違うだけで価値の桁がひとつ違うなどということもある。

そのため、緻密な調査としっかりと品を見る目、そして時代を追う根気良さや、かなりの精神力が必要なのだが、悪戯をするたびに倉に閉じ込められては、飽きずに中にある美術品を見て楽しんでいた沙織である。

体力的に疲れを感じることはあっても、気持ちは充実しているし、自分がこれぞと思って提出した資料の品が、クライアントに好まれ納品できると、やったという気持ちにもなる。

今日の仕事はまさにそれで、今週いっぱいかけて調査した資料が完成し、鑑定書も揃い、逸樹にこれならと太鼓判を押してもらえたので充実感があった。

「これなら来週にクライアントに提案しにいけそうだ」と、沙織に負けない上機嫌で香港行きの飛行機を手配する逸樹を横目に見ていると、同僚で隣の席を使っている篠《しの》山美紀子《やまみきこ》が小さく拍手する。

「沙織ちゃん、絶好調ね」

篠山は京都の芸術大学で西洋美術史を研究後、日本の陶磁器会社にデザイナーとして勤めていたのだが、やっぱり西洋の美術品、それも論文を書くほどに惚れ込んでいたヨーロッパの食器に関わる仕事がしたいということで、逸樹の会社に入った女性で、沙織のひと回りほど上の三十六歳。

電子機器メーカーに勤める旦那様との間に小学五年生と、中学生の子どもがいて、そのふたりの学費と老後の費用にとフルタイムでバリバリ働いている。

それもあってか、社内では頼もしいお母さん的立ち位置で、個人の仕事だけでなく、沙織の仕事や逸樹の暴走しがちなところもよく見ている。

和と洋の違いがあるとはいえ、同じ食器や陶磁器関係を扱うことから沙織とよく話すようになって、仕事だけでなく生活のことでも頼れる先輩でもある。

「なんというか、すごく、働くのが楽しくて。……自分でもなにかできるんだなあって」

「初々しいわね。社長というか逸樹君と同級生なら、まだまだ新入社員な年頃だものねえ。まあ社長と違って沙織ちゃんは落ち着いているけれど」

小さく笑いつつ目を和ませられ、照れてしまう。

落ち着いている自覚はあるが、暴走するときは逸樹以上と言われた学生時代を知ったら、きっと苦笑されるに違いない。

そもそも本当に落ち着いていたら、夫婦らしいことはなにもないという理由で離婚を切り出したりはしないだろう。

まだまだだな、と思いつつ恐れ入りますと切り返し頭を下げれば、ちょうどお昼になっていて、社員おのおのが食事に出かけたりお弁当を拡げだしたりしていた。

「沙織ちゃんもお弁当？」

「はい」

別に食べに行ってもいいのだが、料理するのが主に沙織であるため、晩ごはんのおかずを作るついでに、お弁当用のものも仕込んでおいたほうが手間がなくて助かるのだ。

今日のお弁当はいなり寿司風の混ぜ御飯に卵焼き、蕪の鶏そぼろ煮に鮭の粕漬けを焼いた物。それに塩漬けの桜を飾ったキノコの白和えである。

相変わらずの純和風だが、小食な沙織にはこれぐらいがちょうどいい。

「もしかして、旦那様も？」

「量が多めなのと、あと、篠山さんが先日教えてくださった、チーズと豚の薄切りを挟んであげたミルフィーユカツを入れてますが。他は同じです」

声が小さくなってしまうのは、なんだか、一緒のお弁当を持っていき、食べているという夫婦らしいことをしているのが、気恥ずかしく感じたからだ。

「いいじゃないの。私なんてまたおかずを全部つめた爆弾おにぎりよ。今朝は下の子がお茶をこぼしたから、自分のお弁当を詰める時間がなくて」

「あ、でもそれもいいですね。どこを齧ったらなにが出てくるのかわからないのが楽しそう」

言いながら箸を取る。

「それにしても、沙織ちゃんの旦那様があの守頭瑛士だなんてね。珍しい名字だなとは思ったけど」

「結婚前はもっと珍しい名字だったと思いますよ」

というか、日本に数軒しかない名字ではないだろうか。

それぐらい御所頭という名は珍しく、そしてずっと閉鎖されたまま時代に取り残された一族なのだ。

「うーん。でも働かなくても食べていけそうじゃない？　よく反対されなかったわね」

沙織もそう思う。

――夫婦なのだから対等の権利がある。

そう告げられた時、思い切って仕事をしたいと申し出た。

黙って働くこともできたが、後ろめたい気持ちを抱くのは嫌だったし、なにも言わず家を空けるのはよくないように思えたからだ。

駄目だと言われるのを覚悟で言えば、守頭はあっけないほど簡単に「わかった」と答えた。

ただし条件はあった。

ひとつ、家事と両立するのがきついようなら、すぐに守頭に申し出て、家政婦をサポートに入れること。

ひとつ、習い事も同様に、したくないならしなくていい。

ただし、一度やりだした以上、仕事はきちんとやり遂げること。

（ビジネスはひとりで回らない。周りに頼るのと同様に周りからも頼られる。中途半端な遊びや出来心で余所に迷惑をかけるな）

迷惑をかけるなら、俺だけにしておけ。とさえ口にした。

最後に、雇用契約書をきちんと貰って守頭に見せること。だった。

変な会社に入ったら痛い目に遭うので、ちゃんとしているかどうかを確認したいらしい。

存外心配性なんだな、と思いつつ納得し会社名だけはわかっていたので伝えると、

「そこなら問題はないと思うが、契約書は必ず貰うように」と言われた。

（そうだ。今日できあがるって総務担当の河合《かわい》さんが言っていたから、貰って帰らないと）

ついでに、帰り道で方向が一緒の篠山さんと食材を買い物しよう。

土日は珍しく守頭が休みだと言っていたのだ。一緒に御飯を食べられるかもしれない。

そう思うと、沙織は余計に気持ちが浮き立つ。

（あら、私どうして上機嫌になっているのかしら。離婚するつもりで働き始めたのも、一億円を貯めるためだったのに……）

自分でも驚いてしまう。

（でも、気分が落ち込むよりは、上向いてるほうがいいはず！）

知らず訪れた感情を、あえて見ないふりをしつつ、沙織は午後の仕事にますます意欲を燃やすのだった。

今日は早く帰れる。と、相変わらずシンプルで要件だけのメッセージがスマートフォンに入ったのを、二度、三度と眺めつつ沙織は仕事用のスーツを脱いで、チェック柄でマキシ丈のシャツワンピースに着替える。

それから風呂にお湯を張り、エプロンを着けて気合いを入れる。

（今日は、鍋！）

ひとりだと食べるのに物足りなさのようなものを感じてしまうが、ふたり分あるとなんだか豪勢に見えるし、食べる量も調整しやすいので、最近の週末は鍋にはまっているのだ。

ぶりと海老のいいものが店先にあったので、そこにホタテを足して海鮮鍋にしようと決めていた沙織はスーパーの袋から食材を出しては、アイランドキッチンの広い作業台に全部並べる。

野菜を切って皿に並べてとしていると、予想よりも一時間ほど早く守頭が帰ってきてリビングに顔を覗かせた。

「お帰りなさいませ旦那様」

「……ただいま」

いつも通り、ワンテンポ遅れて返事がくる。最初は戸惑っているのかと思ったが、どうやら照れているのとはにかんでるのが同じらしいことに気付いた。

会話が増えると相手を知れるとはよく言ったもので、当初は綺麗だけど表情が変わらない冷たい雰囲気だと思っていたのが、この頃ではちょっとした視線の動かし方や間の取り方で、なにを考えているのかわかるようになってきて、それが楽しい。

「この間、食べたいと言っていた和菓子を買ってきた」

そう言いつつ守頭は手に提げていた千鳥格子柄の小さなショッパーを、目線の高さまで掲げる。

「わ、嬉しいです」

最近東京にできたばかりのお店で、ウサギの形をした最中に、同封してある瓶の中にあるあんこを詰めて食べるお菓子なのだが、甘すぎないこしあんと季節の果物や栗などを使ったあんの二種が入っており、片方つけて食べてもよし、両方いっぺんに挟んでもよしと味の変化がいろいろ楽しめると人気なのだ。

うきうきしながら受け取って沙織は守頭に言う。

「御食事の後にいただきましょう。それと、今日は鍋です。寒かったでしょうから先にお風呂に入って、温まってこられたらいかがです？」

和菓子の箱をリビングのコーヒーテーブルの上に出しつつ伝えれば、守頭は少し考えた後、自室で着替え台所に戻ってきた。

「手伝う」

「えっと、鍋ですよ？」

「鍋なら材料を切って揃えておけば、後からでも仕上げられるだろう。食べてゆっくり時間が取れるほうがいいと思うが」

言うなり、沙織が洗った人参を手に取り剥いていく。

仕事がきついなら家政婦を入れると約束をしたが、そうでなくとも守頭は沙織ひとりに家事を担わせず、手伝えるところは進んでやってくれるのがありがたい。実家の父なんて、常に母と家政婦任せで自分は書斎でパイプを吹かして本を読むか、ひとりで将棋を指しているだけだったものだが。

海外生活が長いから、こういう家事のシェアに抵抗がないのかもしれないし、ひょっとしたら沙織の手が荒れるのが嫌なのかもしれない。

特になにを言うわけでもないが、洗面所や台所の隅に置いている、シアバター入りのハンドクリームが少なくなると、いつのまにか新品が補充してあるし、外に出ると唇が乾いて痛むかもしれないとそっけなく言いながら、結構なブランドの保湿リップをぽんと渡してきたりと、意外に細やかに気を遣ってくれる。

欲しいものを与えられてきた故に、欲しいとさえ思わなかった沙織ではあるが、必要なものを必要なときにそっと渡されるのは、高価なプレゼントより思いやりが勝っているようで嬉しいと感じてしまう。

守頭に野菜を切ってもらいながら、だし取りと魚や海老の処理をする。

三十分もかからずに鍋の準備がすっかりできあがり、皿に見栄え良く材料を盛り付けた。

「魚の皿は冷蔵庫で、野菜はラップを掛けておけば大丈夫、と。……できました！　お風呂で温まってからお鍋をしましょう」

上機嫌で言った時だ。隣で手を洗っていた守頭がふと口角を上げた。

「だったら、早く食べられるように一緒に風呂に入るか」

「ああ、一緒に……はいッ⁉」

うっかりいいですねと言いかけた言葉を呑んだため、変に高い声が出た。

「いいい、一緒にって。一緒にお風呂って、お風呂ですよ？　裸になるんですよ」

幼児の頃はともかく、物心ついてから風呂場はトイレと同じくひとりで使う場所で、誰かと一緒という発想がない。

なにせ修学旅行すら父に禁止され、友達とのお泊まりや旅行もないほどだ。

「別にかまわないだろう。夫婦なのだから」

うろたえる沙織とは逆に、守頭は相変わらずのクールな顔で平然という。

(こ、この人には羞恥心というものがないのでしょうか)

改めて見なくても眉目秀麗な顔に、スーツが似合う長身。

今着ているシャツの上からもわかる、適度に鍛えられた身体はしなやかで逞しく、なんら欠点がない。

「だ、旦那様は、見せても恥ずかしくない身体でしょうけれど、わ、わ、私は」

鼓動が乱れているせいで、声までおかしなことになっている。

思わず一歩引き相手を見れば、守頭は小首を傾げたポーズで沙織をじっと見ている。

突然、丸裸にされたような気がして、恥ずかしさで顔に血が上る。

ぼんっ、という音がしそうなほど上気した頬に手を添え守頭を見上げれば、彼は首をますますひねり口を開いた。

「沙織も綺麗だと思うが」

そんな風に褒めないでほしい。いや、想像しないでほしい。

守頭の中で自分がどんな格好をしているのかと考えただけで落ち着かない。

「変なことを言わないでください！　もう、駄目です。考えちゃ」

「なにをだ？　なにを考えていると思った？」

わざととぼけているのが丸わかりの表情で、知らない振りをされても困る。

なんと答えればいいのかわからず、つい守頭の胸板を拳で軽く叩いて責めれば、彼は小さく吹き出し笑いだす。

（あ、笑った）

なんの混じりけもない、本当に楽しいのだとわかる笑顔に目をみはる。

初めてだった。結婚してからはもちろん出会ってからも。

鋭いまなじりが優しく和らぎ、いつも引き結ばれている唇はほころんで、すごく嬉しそうだ。

心なしか年齢より若く見えて、普段とのあまりの違いに沙織の心臓が大きく跳ねる。

（こんな風に笑うんだ）

頭のどこかでそう思うのと同時に、この瞬間をどうにかして長く残したいと思う。

できれば毎日だって見ていたいとも思う。

未知の感情が、自分の中で静かに芽吹くのを感じつつ守頭を見つめていると、彼は〝ん？〟という風に目を瞬かせ、それから長身を緩やかに折って沙織の顔に自分の顔を近づける。

視界いっぱいに整った守頭の顔が広がって。

――キスされる。

そう思って目を閉じた瞬間、守頭の前髪がさらりと顔を撫で、それからちゅっと軽いリップ音を立てて彼の唇が沙織の額に触れた。

「あ……」

「少しは意識したか」

したり顔で言われる。普段なら悔しいと感じるのに、今は驚きが勝ってなんの反応もできない。

ただ騒がしい鼓動だけが耳の奥で響いていて、今どこでなにをしていたかさえも一瞬忘れてしまう。

「沙織は、隙だらけだ。……見ていて心配になる」

独り言のように呟いた後、守頭は沙織の頭を優しく撫でて背を向けた。

それからしばらくして、浴室のほうからわずかに物音が聞こえだし、それで沙織は我に返る。

「キス、されるかと思いました」

いまも落ち着かない胸に両手をあてて沙織は呟く。

キスされるかと思った。そして、キスされてもいいと思った。

(夫婦なんだから当然なことなのに、どうしてドキドキするのでしょう)

突然決まった結婚、それもお金のためで愛も恋も、なんなら交際期間もほとんどないまま始まって、一年、ずっとなにもなかった。

他人より近いけれど家族と言うには遠すぎた関係。

それが、今になって少しずつ変化しだしていることを、沙織は感覚で理解しはじめていた――。

◇
◆
◇

季節は移ろい、十一月になろうとしていた。

街路樹は紅や黄色の葉を散らし、路面に鮮やかな模様を作っている。

その様子を何とはなしに眺めながら、守頭瑛士はつい先日の出来事を思い出す。

珍しく打合せが早く終わったので、少し寄り道して妻――沙織が食べたがっていた和菓子を購入し家に帰った。

すると沙織も定時で仕事が終わったらしく、今から夕食の支度をしようとしていたところで、なにもせずに居るのは落ち着かないのと、なにより沙織の近くに居たいのとで料理を手伝った。

結婚して働きだすまでは和服一辺倒だった沙織だが、仕事を始めてからは着替えやすいのと楽だからと、平日は洋服で過ごすようになっていた。

その日はシャツワンピースで、袖が少しふっくらしているところが愛らしく、こういう服装も似合うな。今度は違う雰囲気の服でも贈ってみようかなどと考えていた。

そこまではよかったのだが、料理をするのに邪魔になってきたのだろう。沙織がポケットから出したヘアゴムを使って、髪を高いところでひとつにまとめて結んだ。いわゆるポニーテールという奴だ。

さらさらと艶めきしなやかに流れる黒髪の間から、ほっそりした白いうなじが覗く様は、シャツワンピースというラフな服装とは裏腹に妙に色っぽく、守頭は目のやり場に困る。

困るのだが男性の平均より十センチは身長が高い守頭に対し、沙織は小柄で、ちょっと視線を落とせばすぐにうなじが——どうかすると襟の隙間からちらりと背骨の筋までもが覗く。

——隙だらけにもほどがある。

(そんなに無防備でどうする)

働くようになってますます沙織は活き活きと、まるで光を纏っているかのように華やかさと輝きを増しているのに。

本人は仕事が楽しくてしょうがないとしか思っていないようだが、日々が活力に満ちている人間には独特のオーラがあり、それはあらゆる人の目を奪う。

なのに本人がまるで無防備なのだから頭が痛い。

しかも夫であると油断しているのか、それとも異性として意識さえされていないのか、守頭に対し警戒するということがまるでない。

男など、切っ掛けがあればいつだって豹変する危ない生き物だ。

それを少し教えてやりたくて、一緒に風呂に入るかと冗談半分、本気半分に言えば、初心この上ない反応を返されてしまう。

たまらない、愛おしい。そう思うほどに笑みがこぼれ、からかうだけではすまなくなって、彼女の額に口づけた。

その甘美な瞬間は一週間以上経った今でも、鮮やかに思い出せる。

震えるまつげ、薄く開いた唇。

守頭の唇が肌に触れた時、一瞬だけわななく身体。

どれもが愛おしくて、このまま抱いてしまおうかとさえ思った。

もっともそうできない理由が守頭にはあるが。

沙織の実家である御所頭家に対し、守頭の名を使い投資詐欺を働いた者がいることは事実。

しかも始末が悪いことに、その詐欺師が使った名刺も社章も正規のもので――つまり内通者が社内にいる。

守頭になんの非もないとは言い切れない。そして、その詐欺師が沙織を邪魔に思っているのであれば、同じことをする可能性は高い。

なら、まずそちらを片付けるべきではないだろうか。

自分の部下、あるいは部下を装った内通者が、沙織の家を破産ギリギリまで追い込んだのに、トップである自分が知らぬ顔でいていいはずはない。

まずは夫となって身辺を守り、同時に犯人を捕まえ御所頭家に賠償させる。

すべてはそれからだ。

人によっては責任を感じすぎだと笑うかもしれないが、こと惚れた女のためであれば、道化にも悪魔にでもなる覚悟がある。

不安要素を取り除く一方、彼女が望む生き方を——と、京都の頃と同様の暮らしを手配したのだが。

(沙織が望んだのは、籠の中の贅沢な暮らしではなく、自分の手でなにかを成し遂げる自由だった)

箱の中の令嬢。その単語に惑わされすぎていた。

彼女は贅沢な暮らしも与えられる品々や、押しつけられた稽古事も、なにひとつ欲しがってはいなかった。

考えれば、最初の出会いからそうだった。

沙織は高価な花束より、目の前で凜と咲く一輪の乙女椿を望んで空に手を伸ばしていた。二階から落ちるかもしれない危険をまるで顧みず、それを自分で掴み取ることに意味があるのだという風に言った。

そして守頭は、自ら欲して手を伸ばす沙織の姿に魅せられたのだ――。

だから、仕事をしたいと言われた時も反対はしなかった。

やってみたいことはやるといい。もし、くじけても自分が受け止めて慰める。

そのために沙織の側にいるのだから。

(早く、恋に目覚めればいい)

守頭を夫としてではなく、男として見て、願わくば好きだと感じてくれれば。

日々そう思う。今この時でさえ。

(いや、特に最近は、だな)

知らず吐いた溜息が窓ガラスを白く曇らせる。

それで自分が思う以上に恋わずらいしていることに気付いた守頭は、苦笑しつつ社長の椅子に座り腕を組む。

沙織の側にいる、もうひとりの男の存在を思い出したからだ。

——天堂逸樹。

幼稚舎から沙織の同級生で、高校時代は生徒会長と副会長をしていた。

兄弟のように長い付き合い。家柄も近く、双方の親は交流がある。

一時期は関西の社交界で、ふたりが結婚するのではという噂もあったほどだと、御所頭家について調査させた報告書に記載されていたほどだ。

とはいえ逸樹はアメリカに留学中で、ここ三年は一度も顔を合わせていない。

特に問題はないと考えていたが、そんな守頭を嘲笑うように電撃帰国し、しかも学生時代から経営していた会社に沙織を引き入れまでした。

沙織は、単に、同級生から頼まれた故断れず——などの事情で働きだしたのだろうが、天堂逸樹が同じだとは限らない。

居心地のいい友情を隠れ蓑にして、恋心を抱いていても不思議ではない。

そう思うと、妙な焦りが沸いてくる。

(嫉妬か、独占欲か)

恐らく両方だろう。

守頭と沙織の年の差は八歳ある。

夫婦としてはままある年齢差だが、現実を見れば沙織は二十二歳で世間では大学を卒業したばかりかそこら。対する守頭はもう三十。

生まれも育ちもまったく違う上、学生時代を過ごした時期が八年も違えば、なにを話題にすればいいのかわからない。

そのため、食事を一緒にしていてもまったく会話がない、あるいは天気の話など出しては途切れという、なんとも気まずい空気が漂っていたほどだ。

もっとも働きだしたからか、最近の沙織は経済に興味があり、仕事でわからないことや投資の話などを守頭に質問し、それに答えるような形で会話が成り立ちだし、その回数が増えるにつれ、互いに冗談も言えるようになってきたのは嬉しいことだが。

ともかく、沙織の側に自分より若い男がいるのが気に食わない。

若くなくても多分気に食わないだろうが、自分の知らない沙織を知っている男が彼女の側にいるなど気が気ではない。

(だから早く、俺を好きになれ)

身勝手な要望なのは理解しているが、心の底からそう願う。

他でもない自分に恋をしろ。と。

そうやって妻である沙織に思いを馳せていたのも束の間、休憩のために頼んだコーヒーが冷めてもいないというのに、社長室のドアがノックされた。

少し硬質的で、マナー通りに三度叩くやり方から、第一秘書の初瀬川だと察した守頭は、すぐ思考をビジネスモードに切り替えて「入れ」と促す。

ツーブロックにカットした髪をきっちり後ろへ流し眼鏡をかけた男が、失礼しますと声をかけつつドアをくぐり抜け、それが閉まると同時に手にしていた資料を守頭のデスクに置く。

「家政婦の件、社長の推理通りでした。こちらが調査会社からの報告書です」

「やはりな」

五枚ほどの報告書を流し読みするが、馬鹿馬鹿しいほど予想通りで呆れる。

「会社の金ではありませんが、三見さんが秘書だった過去を考えれば、業務横領に問えるでしょう。……いっそ、これで解雇にしては」

眼鏡のブリッジを押し上げつつ、初瀬川が目を細くする。

資料は揃った。あとは女狐とその相棒を引きずり出すだけだ。と視線で訴えかけられるも、守頭は頭を振る。

「まだだな。……御所頭家にやったことに対する件もきっちり償ってもらわないと」

あの事件があったからこそ守頭は沙織と結婚できた。それには感謝する。

だが、御所頭家に、ひいては沙織に心痛を与えたことは話が別だ。

「身内の示談で済ませる気はない。……詐欺で騙し取った金の賠償はもちろん、社会的制裁も受けてもらう」

そうでなければ気が済まない。

（犯人には、きちんと理解してもらわなければ）

守頭瑛士が惚れた女に手を出せば、どんな目に遭うかということを。

5. 欲しいものと望むこと

「パリ？　パリってあのフランスのですか？」

『他にパリがあるなら教えてほしいんだけど』

電話の向こうから、やや苛立った様子の逸樹が返す。

場所は自宅のリビング。

ちょうど御飯を食べ終わって、守頭とふたりでソファで本を読んだり、お茶を飲んだりしている時、不意に逸樹から電話があった。

今週の金曜日に逸樹と同僚の篠山さんが、十日のフランス出張に出かける予定だったのだが、ここにきて篠山さんだけでなくお子さんもインフルエンザにかかってしまったのだとか。

そういえば小中学校でインフルエンザが流行っていて、学級閉鎖も出ているとニュースで見た記憶がある。

ふたりのお子さんを看病して、自分もとなると体力的にかなりきついだろうし、伝染病なこともあって医師から出勤停止まで言い渡されているらしい。

『沙織、結婚したときにパスポートを作ったたって言っていたよね。それに、もともと今回のオークションは、西洋と東洋の陶磁器がメインになるからって、沙織の分の調査や写真撮りも篠山さんがやることになっていたから、逆に篠山さんの分の仕事もある程度わかってるでしょ？』

「それは、そうですけど」

だからといって急に海外出張に行けなど無茶すぎる。もっとよく考えてと言いかけたものの、すでに電話は切れていて掛け直しても繋がらなかった。

（そういえば、香港から戻ってくる飛行機がどうとかって言ってたけど……）

だとしたら夜中まで連絡が取れそうにない。し、取れたとしても逸樹がまともに答えるとも思えない。

学生時代からこうなのだ。

生徒会長として方針を決めるだけで、あとの細かいことは沙織ができるでしょ。とばかりにぶん投げてくる。

（困ったことになったわ）

仕事だし、確かに逸樹が言うように篠山さんが駄目なら沙織が行くしかないのもわかるが。

切れたスマートフォンを握り締めたまま、ちらりと横目で隣に座っている守頭を盗み見る。

電話の声が大きかったから、内容は多分筒抜けだろう。

(仕事だし、出張だし、きっと大丈夫ですよね)

思いつつ、いつもよりさらに無表情な守頭のほうへ顔を向け、あの、と切りだそうとした途端。

「駄目だ。到底許可できない」

厳しい調子で言われ、沙織は口ごもる。

「許可できないと言われましても、仕事上の出張ですよ?」

できるだけ穏やかに言うと、なぜか守頭はぷいと顔を背けてから反論した。

「別にフランスに行くことを反対しているわけじゃない。あの天堂逸樹とふたりっきりで旅行するのが許せないだけだ」

それから膝に載せている経済雑誌をめくりだすが、絶対に読んでいないのは、ページをめくる早さからわかる。

「心配ないですよ。逸樹さんとは幼稚舎からの知り合いで、他人でもないですし」

「余計に悪い。それに夫である俺だって、まだ沙織と外泊したことがないのに……」

低く小さい声で呟かれ、沙織は瞬きしてしまう。

（えっと、もしかして嫉妬ですか？）

そんなまさか、と思いつつも守頭の言動からはそうとしか取れない。

「うーん……」

つい数ヶ月前であれば、「夫婦としての実体がなにひとつもないのに、口を出さないでください」ときっぱり断れたが、今となっては違う。

肉体的な関係はまだないが、それ以外の部分では実に夫婦――というか新婚らしく協力し合い、会話を楽しみ、互いの存在のくつろぎを得て穏やかな暮らしになってきている。

だから沙織だって、強く「仕事だから、関係ありません。勝手に行きます」と無下にすることもできない。

「でも旦那様も出張に行かれますよね？　仕事だから」

「そうだが、女を連れていったことは一度もない」

きっぱりと言われ、驚くとともに、少しだけ嬉しい気持ちになってしまう。

今まで出張というと、秘書の三見も一緒だろうとばかり思っていたが、そうではなく、単身で行っていたのだろう。

なにもない、という言葉を裏付けるような台詞を不意に得たことで、沙織は少しだけ心が落ち着かなくなる。

つまり守頭は、どんな女性とも一緒に旅行したことがない。

なら自分が初めての女性として、一緒に旅をしてみたいと考え――いや、そういうことじゃないと頭を振る。

(困ったな、他に頼めそうな人はいないし。だからといって逸樹さんが行かなければクライアントとどう話していいかとか、どう行動すればいいかわからないし)

第一に、沙織はフランス語がまったくできない。

通訳を雇ったとしても、仕事の内容を理解して案内してくれる相手など、そう簡単に見つからないだろう。

どんどんと眉尻が下がっていく。

自分でも情けない表情になっているのがわかる。

途方に暮れたまま、沈黙だけがふたりの間に漂い十分ほど経った後。

「……すまない。俺のわがままだとわかっている。だが、沙織を天堂と一緒に行かせたくない。たとえ仕事でも」

嫉妬か独占欲か、その両方か。

どうしてそこまで守頭がこだわるのかと沙織がうなると、不意に守頭が身をねじって沙織と向き合う。

「ふたりの間になにかあったらどうするんだ」

「なにもありませんよ。幼なじみですし、別に恋愛感情はありませんし」

「沙織はそうでも、天堂は違うかもしれないだろう」

それは旦那様が逸樹を知らないから、心配になっているだけでは？と言いかけた時だ。

不意に両肩を掴まれ、そのまま体重をかけるようにしてソファの上に押し倒されてしまう。

「あの、旦那様？」

「こういうことをされたら、どうするんだ。君の力ではなにもできないだろう」

痛みはないが、簡単に振りほどけないほど強く肩を掴まれたまま座面に押しつけられ、沙織が目を白黒させていると、守頭はこれ以上ないほど顔をしかめて続けた。

「君が私と結婚したと聞いて、二週間経たず、アメリカから戻ってきたんだ。……単なる幼なじみのためにそこまでするると思うか」

それは、と声がないまま唇が動く。

どうだろう。よくわからない。

「離婚したら結婚しよう」だとか、ふざけた調子で「好きだから付き合おう」と言われたことは何度もあった。

が、どうせ冗談だと取り合わなかった。

けれどもし、それが守頭の言うように道化めかした本気であれば、心配しすぎだと笑って済ませられない話になる。

守頭からの不意打ちの独占欲に加え、逸樹が沙織に気があるかもしれない証拠を突きつけられ、なにを言えばいいのか途方に暮れる。

どうすればいいのかわからず、だけどやめてと守頭を振り払う考えも湧かず、されるまま彼を見上げていると、はあっと熱っぽい溜息をついた後、額と額をくっつけられた。

「沙織」

色気と熱の籠もった声にドキリとする。

焦がれて、求めて、でも得られない切なさが、声の響きから感じられて、沙織は知らず唇をわななかす。

ふたりの吐息が混じり合い、湿った空気が肌を撫で、鼓動がうるさいほど高鳴って、頭のどこかがぼうっとする。

見えるのはただ、守頭の金茶を含む澄んだ瞳だけになり、沙織は知らず息を詰める。

刹那。

互いの間に引力が働いたように、ごく自然に唇と唇が重なり合う。

いつも硬く結ばれ、引き締まった唇は、けれど触れてみれば意外に柔らかく、しっとりとしていて――心地いい。

初めてのキスに目を見開いていられたのも数秒で、唇が離れ息を吐けば、吸うのに合わせてまた重なる。

そうやって二度、三度と繰り返し唇を合わせていく内に、守頭の唇がわずかに下にずれて、沙織の唇を軽く噛む。

じんとした痺れが噛まれた場所から広がって、得も言われぬ甘い疼きが唇から体中に広がっていく。

やがて角度を変えた守頭の唇からそろりと舌が出され、どこか試すように沙織の唇の表皮をなぞる。

「んっ……」

意識してもいないのに、甘い声が鼻から抜けた。

砂糖菓子を舐め溶かすようにゆっくりと、舌と口で沙織の唇を弄びながら、肩を掴んでいた守頭の手から力が抜け、そのまま手の平を押しつけるように腕をなぞる。

ゾクゾクとするものが肌を熱くさせ、鼓動も吐息も急いていく。

角度を変えながら圧を強めていく唇の熱さに目眩がしだす。

驚きに息を詰めていた口が酸素を求めてほころぶと、滑らかな動きで男の舌が歯列を割って中へと押し入ってきた。

ぬるつく感触が口腔に入り込み、すくんだまま動かない沙織の舌に優しく添う。

——大人のキスだ。

いや、キス自体、初めてするのだが、そういうキスが——より親密で官能的な口づけがあるというのは、学生時代に女の子たちがする内緒話で耳にしていた。

だけど自分が、こんな風に体験することになるなんて、まるで考えていなかった。

驚きと混乱で思考が滅茶苦茶になっているけれど、嫌だとは思わなかった。

沙織に抵抗の意思がないと知ったのだろうか、そっと含ませては内部をなぞるだけだった守頭の舌が、沙織のそれに絡みだす。

「んっ……ふ、ぅ……う」

旦那様？と問いかけたつもりなのに、自分のものとは思えないほど甘い声が漏れて、沙織は恥ずかしさに頬を火照らせる。

舌と舌が絡まり擦り合うごとに、熱と熱が同化していって、蕩けるような心地を味わわされる。

粘膜同士がすりあわされる水音が淫らに響いた。

理性ではいやらしいと思うのに、心は勝手に興奮しだし、そんな自分が信じられない。

そのうち、息苦しさと心地よさの波にさらわれ続けた意識が、白濁しはじめる。

どうしてだろう。

お互いに好意があるかどうかも定かではない異性とのキスに、離婚しようと決めている夫からの口づけに、訳がわからないほど翻弄されている。

ふわふわとしだす思考で自分が失われていくのが怖くて、沙織は無意識に手を伸ばし、守頭の背にすがりつく。

と、それが合図だったように彼は口づけを解き、わずかに上がった呼吸を整えようともせず、沙織の額に自分の額を重ねたまま告げた。

「……こんな風に簡単に口づけを許して。どこが大丈夫なんだ」

「それ、は」

互いの荒れた呼吸音と、高まったまま戻らない鼓動ばかりがうるさい中、沙織はぼうっと視線をさまよわす。

「行かせたくない。心配で頭がおかしくなりそうだ」

言いながら沙織を抱き寄せ、腕の中に閉じ込めてしまいながら守頭が切なげに呟く。

「でも、仕事……が」

「わかっている」

ソファの座面に散り乱れた沙織の髪を指で撫で、同時に首筋に顔を埋めつつ守頭は繰り返す。

「さっきも言ったが、別にフランスに行くことを反対しているわけじゃない。……俺以外の男とふたりきりにするのが嫌なだけだ」

それはどうして？

夫だから？　結婚した相手が誰かと噂になると世間体が悪いから？

それとも――。

ふと頭に浮かんだひとつの可能性を、沙織はあわてて思考から追い出す。

（そんなはずない。旦那様が、私を好きだなんて）

だけどそうとしか思えない行動が、沙織を悩ませる。

好きなのか。本当に。だとしたらいつからか？　本気なのか。離婚しないための演技なのか。

そして自分はどうなのか。

キスは嫌じゃない。こうして抱き締められるのも不快ではない。むしろ逆で心地よい。

ふたりで過ごす時間は穏やかで、くつろげて、それで――。

どんどん自分がわからなくなっていく。

どうしたいのか、どう思っているのか。

沙織が困惑の中、答を出せずにいると、守頭がゆっくりと身を起こしこう言った。

――だから俺も、沙織と一緒にフランスに行く。と。

(本当の本当に、付いて来るとは)

今まさに、搭乗口がロックされ、ボーディングブリッジが切り離された飛行機の中で沙織はちらりと隣に座る守頭を盗み見る。

――逸樹とふたりでフランスに行かせるのは嫌だ。だが仕事の出張を断れないのもわかる。なら、俺が沙織に付いていけばいい。

端から聞けば、なにを馬鹿なと笑ってしまいそうな提案をされ、沙織はキスの余韻も忘れ目を瞬かせたことを思い出す。

守頭曰く。

仕事などパソコンとインターネットがあればどこでもできるし、十日やそこら社長の守頭が不在になっただけでどうにかなるような会社経営はしていない。

たしかに、スケジュールの調整を余儀なくされる秘書の初瀬川は大変だろうが、それだって業務のうちだ。

それに、別に沙織の会社の仕事に加わらせろなどとは言っていない。

休暇を取って夫婦で旅行に行ったフランスで、たまたま仕事をする部下がインフルエンザで来られなくなって困っていた逸樹に出くわし、その時間だけ手を貸す。という体にすればいい。

そうすれば沙織は仕事以外の時間は守頭といられるし、仕事の件も解決できる。

しかも逸樹は沙織の分の出張費が浮く上、守頭は幼少期に六年パリに住んでいたこともあり、フランス語もほぼネイティブで通訳いらず。

ＷＩＮ・ＷＩＮ――どちらにも利があって、文句は出ない。

そんな風に話をまとめられてしまい、呆気にとられているうちに、伝手を辿って逸樹の連絡先を手に入れて、沙織がそれはと口にするより早く、相手を電話口に引っ張り出し、理路整然とした強引さで話をまとめてしまった。

判断も行動も早すぎる。

いや、だから優秀な投資家なのか。

呆気にとられつつ、そんなことを考えていると、罵声が続く逸樹の電話を無情にも切った守頭は、これ以上ないほど楽しげな調子で。

――会社を設立して以来、まともな長期休暇も、妻との旅行も初めてだ。

楽しみだな。と沙織の頭を撫で回した。

駄目押しに、出張ではビジネスクラスで行くはずだったところを、あっさりファーストクラスに変更してチケットを押さえ、泊まるホテルのグレードも最高級――フランスでも数少ない〝宮殿《パラス》〟の名を冠するホテルのスイートを押さえる徹底ぶりだ。

これでは仕事で行くのだと言っても誰も信じてはくれそうにない。

というか、どう見ても新婚旅行だ。

もっとも、守頭に言わせれば、これは単なる夫婦旅行で、新婚旅行は一切邪魔が入らないよう、仕事も持ち込まず、沙織が行きたいところに連れていく。と宣言された。

（離婚する予定の夫婦なのに、新婚旅行だなんて……しかも、こんなに豪華にして……）

いいのだろうかと目が泳ぐのも仕方がない。

沙織と守頭が乗る飛行機はフランスの航空会社のもので、「ラ・プルミエール」と呼ばれるファーストクラス席は、前方客室に四室のみというレアさ。

それを全部借り切っているので、飛行機ではなくホテルで過ごしている感覚だ。

客室乗務員は四人いるが、そのすべてが沙織たち——守頭夫婦の給仕に努めることになる。

（そういえば、この人は私との結婚を一億でぽんと買うような人だった）

この程度の手配はどうということもないのだろう。

にしても空間が広い。

旅行好きの友人から、飛行機は狭く、長時間は辛い。と聞かされていたが、ここはまるで別世界だ。

ツイードのような柔らかいファブリックをメインとした座席に、各席をしきるパーティションは重厚感のある木目調。

両サイドの席などは窓四つを占有するスペースを取ってあり、シートの前に備え付けられているオットマンを椅子として使えば、ふたりで空を見ながら食事や打合せもできるという。

全体的なインテリアはモノトーンで落ち着いているが、引き出しの内側や膝掛けに深紅でアクセントをつけているのが、お洒落の国フランスの会社らしい。

乗ったばかりの時こそ、初飛行機に加えサロンのように豪華なファーストクラスに緊張したが、守頭がいちいち丁寧にエスコートしてくれる上、ウェルカムドリンクのシャンパンや、チョコレートと、ひな鳥を世話する親鳥の甲斐甲斐しさで世話を焼き、離陸の時は指を絡めて手を繋いでいてくれたので、鉄の塊が空を飛ぶ怖さより、繋いだ手の熱と絡まる指の親密さがもたらすドキドキのほうが強かったほどだ。

出される機内食は言わずもがなで、初めて飛行機に乗ると知り、ネットで調べたフィッシュ・オア・チキン？の台詞が言われることはなく、最高級のフレンチが白磁の皿と銀食器で供された。しかも出てくるワインは一本何万円ですかという代物。

沙織が特に気に入ったのはスペシャリテのひと皿で、トリュフの薄切りを重ねて作った円形の型の中に、熟成フォアグラのテリーヌと蕪のムースが入っているものだ。

こってりとしているのにしつこくなくて、フォアグラと蕪のトロトロ感がたまらなかった。

デザートはトロペジエンヌというシュークリームに似たお菓子とショコラで、それもすごく美味しくて、パリについたらお店で探してもう一度食べようと心に決めた。

そんな風にして空の旅を楽しんで十四時間。

ぐっすりと眠っていたところを守頭に優しく揺り起こされて、そろそろ着陸だからと教えられるまで、一度だって起きなかった。

空港についてからは驚きの連続で、見えるものすべてが珍しく、まるで幼稚園児みたいに、あれはなにか、これはなんだろうと視線を向ければ、いつもより穏やかな微笑を浮かべた守頭が、心得たように説明してくれる。

ホテルまでの移動だってなにひとつ不安はなくて、歌うような流暢さで現地の人とやりとりした守頭が、あっというまに車を手配してくれてノンストップで首都パリまで行けた。

車窓から外を眺めれば、遠くに見える教会の尖塔や、緑の庭園。

蔦の這う壁の向こうには、ファンタジーの映画に出てきそうな見事なお屋敷。

行き交う女性たちは老いも若きも皆お洒落で、腕に下げている藤製のマルシェ籠の取っ手に結んだハンカチが小粋で——ともかく、フランス！という空気で一杯だ。

見るものすべてが新鮮でワクワクする。

それになにより、隣を見れば守頭がいて、それがとても安心できる。

ひとりだったら絶対にこうは行かなかった。

逸樹と一緒でも大丈夫かなと、心配にかられた気がする。

だけどどうしてか、守頭がいる。それだけで大丈夫だと思えるのが不思議だ。

（夫婦だから？）

ふと頭に浮かんだ考えに、沙織はドキリとしてしまう。

今、自分はごく当たり前に守頭のことを〝夫〟だと思った。

だけどよくよく考えれば、沙織は彼に離婚を申し出ていて、いつまでもこの関係が続くとは限らない。

一億を返す目処さえ立てば、離婚すると決めているのだから。

（だけどどうして？）

――どうして自分は離婚したいと思ったのだろう。

それを思い出そうとした時、車が停止しホテルに着いたと守頭が告げる。

「沙織？」

「あ、大丈夫です。……ちょっと感動しすぎて、はしゃぎすぎたかもしれません」

ごまかすように苦笑すれば、守頭は労るように沙織の頬を撫でつつ上向かせる。

「少し顔色がよくないな。……多分、旅疲れと時差のせいだろう。部屋に入ったらゆっくり休むがいい」

「はい、そうします」

素直にうなずきつつ、そうか、そのうち、この頬に触れる手の温もりも、なくなってしまうのだなと、沙織は密かに寂しく思った。

到着したのはパリの中心地、セーヌ川北岸にある第一区だった。

美術館としても有名なルーヴル宮殿があることから、ルーヴル区という別名でも呼ばれる第一区は、中心部だけあって建物も歴史あるまま現存し、そのうちのいくつかは名だたるホテルとして利用されている。

沙織たちが部屋を取ったのはパリ最古にして最高級の宮殿《パラス》の称号を冠するホテルで、守頭のエスコートで車を降りた沙織は、まずその外観に息を呑む。

歴史の教科書にそのまま載っていそうな、重厚かつ壮麗な建物だ。

最上階の高さは見上げる首が痛くなるほどなのに、階数は四つしかない。

恐らく、それだけ贅沢に空間を取っているのだろう。

チェックインし案内された部屋に入ると、予想通りに天井が高く、そこから豪華なクリスタルのシャンデリアが下がっていた。

しかも建物が古いのに部屋はまったく暗くなく、いくつもある大きな窓から冬らしい透き通った日差しがアンティークな家具をきらめかせている。

壁は真っ白で、そこにオークの腰板が嵌まっていて、所々ブロンズやシルバーの枠で区切られているのがとてもスッキリしていてお洒落だ。

バスルームは床も壁も天井も白と黒が混じった総大理石仕様で、円形のドームの下に丸い浴槽があるのが、噴水みたいでかわいらしい。

もっとも、噴水というには広く深さもあり、蛇口は黄金のように磨き上げられていて、豪華だけど派手すぎない、歴史ある貴族の城という上品さ。

さすがパラス——宮殿の名を冠するだけあるなと、変なところで感心してしまう。

だけど沙織が一番感動したのは、両開きのガラスドアから抜けた先にあるテラスで、眼下にはチュイルリー公園が、右手側の遠くにエッフェル塔、そして左手側のもうすぐ目の前にルーヴル美術館があるという、なんとも贅沢な眺めだった。

興奮に頬を紅潮させながら、バルコニーからパリの空気を一杯吸い込んでいると、いつのまにか背後に来ていた守頭が、ドアの縁に寄りかかりながらクスクスと笑っていた。

「ルームツアーはご満足できましたでしょうか、奥様」

気取った口調で言われ、つい吹き出し笑った沙織は、そのまま振り返って、守頭に対し女王のような動きで手を差し伸べた。

「ええ、満足しましてよ」

「それはなにより」

差し出された手を取り、部屋の中までエスコートするつもりなのかと思っていたら、たちまち両手で包まれて、まるで騎士が女王にするような恭しさで手の甲にキスをされ、驚いた。

旅の高揚感とは違うドキドキが胸を高鳴らせ、沙織の頬はますます紅潮する。

そっと唇を触れさせているだけなのに、伏し目がちの眼差しから見える瞳はどこか切なげで美しく、沙織は冗談を言い合ったことも忘れ、ぼうっとしてしまう。

時間が止まったように、あるいは絵画となってしまったように、ふたりは動くどころか言葉もなく、沙織にいたっては呼吸すら忘れがちでいたが、遠くの教会から鐘の音が聞こえたのを合図に、守頭が唇を手の甲から離し、流れる動きで沙織を引き寄せ腰を抱いてエスコートする。

「……さあ、入ろう。今日はいい天気だが外は寒くなる。それに今は大丈夫でも、少し眠らないと明日が辛いぞ。仕事だろう」

そうだった。

（明日は一日、仕事関係の予定で埋まっていたんだわ）

まだ明るいけど、疲れを取るために夕食まで寝ていたほうがいい。

思いつつベッドへ目を向け、沙織は目をみはる。

そういえば、この部屋にはひとつしかベッドがない。

広い室内に、でんと鎮座するキングサイズの天蓋付きベッドに沙織が足を止めていると、怪訝な表情で沙織を見た守頭が、ぷっと小さく吹き出した。

「安心しろ。この部屋のベッドは沙織が使えばいい」

「で、でも」

他にベッドはない。ソファだって猫足の長椅子があるだけで寝るには向いてなさそうだ。

だから、一体どこで守頭は寝るのかと困惑してしまう。

かといって、一緒にというわけにもいかず、じゃあ小柄な自分があの長椅子で寝ますと言いかけた時、守頭が部屋の隅にある目立たないドアを指で示す。

「隣にあるデラックスルームをコネクティングしている。俺はそっちのベッドを使うから、沙織は安心して寝ればいい」

この部屋より格や広さはやや下がるが、似たような部屋があり、顧客の要望に応じて部屋同士をコネクティング——ひとつとして使えるようにできるらしい。

なんでも、王族や大統領などが宿泊した際、使用人やボディガードが待機できるようにしたり、家族で使ったりするため、そんな設計になっているのだとか。

(ホテルで一番いい部屋を借りるだけでなく、その隣まで借りるなんて)

ますます守頭の財力に驚いてしまう。

——そんなに旦那さんが稼げるなら、働かなくてもいいでしょうに。

会社で何度か言われた言葉が頭を過る。

そういえば、守頭はどうして自分が働くことを許してくれたのか。そして、こうまでして付き合ってくれるのか。

聞いていいのか、それとも聞かないほうがいいのかと迷っていれば、それを違う意味に勘違いしたのか、あるいはわざとか、守頭が沙織の耳元に唇を寄せ囁いた。

「それとも、独り寝が寂しいなら一緒に寝てもいいが。夫婦として」

途端、考えていたことが頭から吹っ飛び、代わりに顔が熱く火照る。

もう顔だけでなくうなじや耳まで真っ赤に違いない。

これでは暖房もいらなそうだ。

赤くなりながら、沙織は羞恥に唇をわななかす。

「あ、あ、あの……」

「冗談だ。……俺は、沙織が望むまで、そういうことはしない」

変にきっぱりと言われ、安心するような、それでいて寂しいような気持ちでいると、さあ、と促されベッドに座らせられる。

「ゆっくり眠るといい。俺は隣で仕事をしているから、なにかしたくなったり、飲み物や食べ物が欲しくなったらいつでもノックしろ。すぐルームサービスを手配する」

言いつつ、額にそっと唇を触れさせると、今までの甘い雰囲気が嘘のように守頭は隣の部屋へと消えていった。

（なんで、こんなにドキドキしているのでしょう）

守頭は夫で、妻である沙織をエスコートするのは当たり前だし、旅先だから彼も少し浮かれてリップサービスで甘い言葉をかけているだけなのかもしれない。

だけどおかしいほどに胸が早鐘を打っていて、今も彼が触れたり、キスしたりした場所が熱をもち、心地よい疼きを伝えてくる。

――どうしよう。

頭の中が守頭のことで一杯だ。

彼がしてくれたことや、かけてくれた言葉がめまぐるしく記憶を騒がす。

パリに着いてからだけじゃなく、日本にいる時に鍋をついたことや、一緒に料理したこと、ビジネスについての質問を沙織がしたとき、わかりやすく、すごく深いところまで教えてくれたことまで。

どうしたというのだ、自分は。

守頭と離婚するつもりじゃなかったのか。自由を得るため。

なのに今や、離れがたいほど彼に惹かれだしている。

側にいてほしいと思うし、側にいたいと思う。

一緒にいつまでも笑っていたいとさえ考えだしている。

暮らしぶりがいいからではない、彼がかっこいいからだけでもない。

わからないがとにかく、もっと彼を知りたいという欲求だけは確かで。

「どうしよう、私、離婚したくないと思い始めてる」

ひとりきりになった部屋で呟く。

以前は確固として沙織の中にあった離婚の理由は、今や見えなくなっていた——。

パリに到着した日は、やはり疲れていたのか頭を悩ませているうちに眠りに落ちてしまい、次に起きたのは二十時を過ぎた頃だった。

今から外に出てもまた疲れるだけだという守頭の主張に同意し、ホテル内にある二ツ星レストランからルームサービスを手配してもらった。

初めて食べる本格的なフランス料理だというのに、眠気と疲れで朦朧としていて味もあまりわからないまま、とにかく食べて体力を戻さなければという義務だけでナイフとフォークを動かし、その後は、半分船を漕ぎながら浴槽を使う。

風呂から上がるともう限界で、バスローブを羽織ったままベッドに座った沙織は髪を乾かす気力もなく、見かねた守頭が代わりにタオルで水気を拭ってドライヤーまできっちりかけてくれた。

ブラッシングされるのと、ドライヤーの熱すぎない風が心地よいなと思っているうちにいつしか眠ってしまい、気が付くと朝陽の中、きちんと羽毛の布団を掛けられ寝ていて驚いた。

恐らく、守頭がしてくれたのだろう。

まるで子どもみたいになにからなにまで世話をされて恥ずかしいのと、ここまで尽くされるなんて幸せだなと思いつつ目を覚まし、ひと通り身なりを整えまたテラスに出ると、朝のチュイルリー公園の緑がまぶしく、鳴く鳥の声が耳を楽しませる。

昇りはじめた朝陽が、パリの町並みや屋根を夜から浮き立たせていく光景は、どんな映像や絵画より美しく、本当にフランスに来たのだという実感が湧いてくる。

朝は定番のクロワッサンに、オレンジジュースとカフェオレ、それにマルシェで仕入れてきただろうつやつやな野菜と果物のサラダに、ふわとろのスクランブルエッグ——と、量も皿も多かったが、不思議にぺろりと平らげてしまった。

(普段の私なら、この半分も入らないのに)

驚きつつ、少し食べすぎたかと上目で向かいの守頭を覗《うかが》えば、元気になってよかったと、すごく嬉しそうに微笑まれて、沙織はふわふわとした気持ちになってしまう。

なんだろう。これでは新婚旅行ではないか。

そんなことを考えているうちに朝は終わって、服——もとい着物に着替える。

今日、沙織が行くのはオークションではなく、その前段階として開催されるプレビューである。

プレビューとはオークションに出品する作品の下見会のことで、通常四日から一週間程度、ホテルのレセプションルームや展示場などを借りて、実物を閲覧できるようにしてある催しのことで、会場にはオークションを主催する会社のスタッフや専門家が配置され、子細に、それこそルーペを貸し出ししてまで見学、検討することが可能となっている。

各展示にはオークション番号と最低入札価格が書いたプレートが添えられていて、価格が安いものは一般人も見学、オークションへの参加ができるが、高額の作品となると完全に招待制となっていて、オークションも昼間ではなくイブニングと呼ばれる夜に開催される。

もっともプレビューは昼から開催されているので、それを見て、二日置いてオークションという予定なのだが、招待制であることから、それなりの服装での来場が義務づけられている。

スーツは普段使いのものしかなく、セミフォーマルのワンピースを仕立てるには時間がなかった沙織は、日本の正装ともいえる着物で来場することにした。

これなら多少ドレスコードから外れていても、同じ日本人の、それも着物を着慣れた人しかわからないだろうし、なにより幼少時から着物で過ごしてきた沙織にしてみれば、洋服より気軽である。

慣れた手つきで着付けを済ませ、この日のためにと守頭が外商を呼んで購入してくれた訪問着を纏う。

今日の着物は素色《そしょく》という淡い朱と灰色を混ぜたような色合いの絹地に、雪を被った椿の茂みが足下から膝あたりまであり、胸のあたりに紅と白の椿が一輪ずつワンポイントとして入っているものだ。

外国でも通用する花だし、全体的に鮮やかなわりに下地の色が落ち着いているので品がよい。

帯は暗めの緑で引き締め、そこに赤瑪瑙《めのう》でできた椿の帯留めをつけた。

草履と羽織は榛色《はしばみいろ》のものにして、上げた髪のかんざしも帯留めの椿と同じ作者のもので合わせれば完成だ。

上から下まで全部着物を新調したのは久しぶりで、気分が上がった沙織は仕上げ立てを見てもらおうと、コネクティングしている守頭の部屋へ向かう。

嬉しすぎて、ノックをするのを忘れたまま扉を開け、沙織はそこで立ちつくす。

黒のスーツに黒のシルクシャツ、それにシルバーのネクタイを合わせた守頭が、袖にプラチナのカフリンクスをつけている姿が目に入ったからだ。

もとからスタイルがいいので、なにを着ても似合うのだが、全体を黒で引き締め、ポイントをシルバーで押さえているドレッシーなスタイルは、普段のスーツ姿とはまた違った格好良さで、彼の顔立ちの凜々しさが際だって見える。

なにより伏し目がちにした目元が艶っぽく、長い指が袖のカフリンクスを弄っているのもすごく色気がある。

まるで初めて会ったような新鮮さで守頭をぼうっと眺めていると、気配で気付いたのか、彼もこちらに向き直り、それからまぶしいものを見たように目を細める。

溜息をひとつ落とし、ゆっくりと――まるで舞踏に誘うような優雅さで沙織の前まで歩み寄り、肩に触れようとし、そのまま宙で手を止める。

「綺麗すぎて、触るのが怖いな」

微苦笑まじりに言われ、褒められた沙織は面はゆさに頬を染める。

「旦那様こそ、格好よくて隣に並ぶのは気がひけます」

俯きがちに告げると、「そんなことはないぞ」と額をつつかれて、なぜだかこのやりとりが幸せに思えてしまう。

会場にいく車中でもそんな調子で、ふとしたはずみに守頭と目が合えば微笑まれ、沙織も自然と微笑んでしまう。

プレビューが行われるホテルはパリ八区で、ハイブランドのブティックが軒を連ねるモンテーニュ通りの中心にある、やはりパラスの名を冠するホテルだった。

車から入ってまず目に入ったのが、窓を覆わんばかりの緑と上からかかる深紅の日よけで、そのふたつで歴史ある建物が鮮やかに彩られていて、他の建物よりちょっと垢抜けた雰囲気がある。

　季節が暖かければ、ゼラニウムの赤い花が窓辺を飾って、それはとても美しいのだと守頭が言うのを聞いて、今が冬なのが残念だと思っていたら、夏にでもまた来るかと誘われた。

　プレビュー会場はホテル内のレストランを貸し切って行われていて、テーブルと椅子を片付けたホールは音楽会ができるほど広く、そこに陶磁器をメインテーマにした和洋折衷のアンティークコレクションが展示されていた。

　入口で待ち合わせしていた逸樹と合流し、守頭は沙織が仕事をする間、ホテルにある喫茶室で時間を潰すのかと思っていたら、ちゃっかり彼も招待状を持っていた。

　なんでも、仕事柄、オークションに参加するセレブや投資家ともやりとりしていて、今回は興味なしとして不参加だった人から一枚譲ってもらったのだとか。

　それがわかった途端、得意げだった逸樹の顔がたちまち嫌そうな顔になったので沙織は思わず吹き出したほどだ。

　会場の中はセレブの趣味人か、あるいはセレブの要望を受け品を探しに来た、逸樹と同じ美術投資家が行き来していたが、誰もが高価そうな服を当たり前に着こなし、ゆったりと歩いているので気ぜわしさはまるでなく、美術館に来たような気分になる。

けれどゆったりと見物してばかりも居られない。

事前に購入できるカタログでは確認しづらい色味や、細かい模様の差異、経年劣化の程度など細かく確認し、オークション用のリストに、これは購入しない。これはここまでの金額なら出してもいい。などを記入していく。

自分が得意とする日本の陶磁器でもそこそこ時間がかかったが、西洋白磁となるとまるで専門外なため、篠山さんがインフルエンザを押して作ってくれた資料を基に、細かく、丁寧に確認するためまるで進まない。

(これでは随分と旦那様を待たせてしまう)

眉を下げ振り返れば、相手はまるで気にしていない様子だった。

「あの、まだ時間がかかりそうなのですが」

「仕事なんだからしっかりやればいい。俺のことは気にするな」

「でも」

ここに来てから結構な時間が経っている。

守頭にも仕事があるだろうし、ずっと立ってるか歩いているかでくつろぐ暇もない。

ホテルに戻られるか観光に行かれても、と提案しようと口を開きかけた時、ふっと柔らかく笑って守頭が先を封じた。

「それに、俺は結構楽しんでいる。沙織が真剣な顔をして仕事をしているのなんて、こんな機会でもないと見られないしな」

甘い微笑みでそう言われ、ずっと自分を見ていたのかと驚くと同時に照れてしまう。

「そんな風に言われたら、気になって仕事に集中できません」

少し唇を突き出し言うと、守頭が軽やかな笑い声をこぼす。

「それはそれで見ていて楽しい」

「もうっ」

どう反論しても、結局は自分を見る気なのかと守頭の胸を軽く押した瞬間だった。

「沙織」

言うなり長い腕が伸びてきて、帯の下あたりを素早く支え引き寄せられる。

突然の行動にどきりとし、目を大きくしていると、守頭は沙織を見つめ、それから肩越しになにごとかフランス語を飛ばす。

と、沙織の背後で商談していた恰幅のいい男性が、申し訳なげに頭を掻きつつ謝ってきた。

どうやら、話に夢中なあまり背中同士がぶつかりかけていたようだ。

急に近くなった距離にドキドキしていると、守頭が沙織を見つめ尋ねてきた。

「帯が崩れていないか」

「あ、大丈夫です」

「それならいいが」

そう続けたものの、いつまでも腕を離してくれない。

沙織も、なぜか離れたくなくなっていて、広い会場の中、無言でふたりは見つめ合う。

すごく、非日常な空間だ。

初めて来た外国で、沢山の人に囲まれている上、どこを見ても美しさや豪奢さがあるホテルの中なのに、自分の視界には守頭の瞳しか映らない。

守頭の瞳も沙織の顔と眼差しだけが映っていて――。

（このまま、キスできたら死んでもいい）

そう考えた時だ。

あからさまにわざとらしい咳払いが聞こえ、沙織はふと我に返る。

「おふたりさん、独り身の僕にあんまり見せつけないでもらえますかね？」

別件の商談をまとめていた逸樹が、いつのまにかふたりの元に戻っていて、そんな風に注意する。

「あっ、やだ。私ったら」

「なにが私ったら、なんだよ。……熱烈に見つめ合っちゃって。本当に、僕の出る幕なんてこれっぽっちもないじゃないか」

完全に拗ねた口調で言うと、逸樹はほらほらと、ふたりの間に割って入り、両手をつっぱり引き離そうとする。

沙織は素直に一歩下がるも、守頭はまるで意に介さず身を躱し、今度は沙織の横に並んで肩を支える。

「お前が出る幕なんてあるわけないだろう。沙織は俺の妻だ。夫が妻をエスコートしてなにが悪い」

「……あのねえ、そもそも、その役目は僕の予定だったのを、滅茶苦茶強引に同行をねじこんできたのは誰でしたっけ」

「俺だが。それがなにか」

痛烈な皮肉をまるで気にせず守頭が涼しい顔で肯定すると、逸樹はこれ見よがしに肩を落として溜息を吐く。

「あーあ、離婚するって話だったから、僕にもチャンスがあるかなと思っていたけど、全然、新婚のいちゃいちゃあまあまじゃないか」

髪型が乱れるのもかまわず、逸樹は後頭部の髪を掻き乱し、再び溜息をこぼす。

「単なる痴話喧嘩というか、犬も食わないやつを食わされたわけ？　僕は」

ねえ、と問われても沙織はなんとも答えがたい。

守頭との距離が近づいたのはつい最近のことで、沙織も戸惑いがあるほどなのだ。

「ええと」

「夫婦の間に入ろうとしたんだ。馬に蹴られなかっただけでもマシだと思え」

なかなかにひどい言い草で守頭が言い籠めると、逸樹は肩をすくめて背を向けた。

「そう思うことにするよ。……失恋したなあ。本気で。だから仕事は沙織に任せて慰めてくれる女の子でも探しに行くよ」

「是非そうしてもらいたい」

間髪いれずトドメを刺され、逸樹は恨めしげに肩越しに振り向き、それからスーツの胸元から取り出した封筒を小さく振って、守頭へ投げる。

床に落ちるより早く守頭が封筒を受け取ると、逸樹は投げやりな調子で言った。

「オークションの前夜祭というか、関係者限定レセプションの招待状。……ふたり分だから沙織と行こうと思ってたけれど、アンタにやる」

「逸樹」

声をかけるも、振り返りもせず、器用に人混みを抜けて出ていく。

もともと、彼の仕事の本命はオークションそのもので、出品物が展示されるプレビューには新規のクライアント探しや、手持ちの美術品の商談で訪れているだけなので、中座しても問題はない。

けれど、なんだか悪いことをしたような気がして、沙織が後を追おうとするも、すぐに守頭に止められた。

「そっとしておいてやれ。失恋した相手に慰められるほど惨めなことはないぞ」

「そんな。逸樹はいつもあんな調子で、好きとか結婚とか冗談だとばかり……」

好意があるのは本当だったと、今、やっと気付いて、でも、答えられなくて、沙織は戸惑いと申し訳なさで声が小さくなっていく。

「沙織」

ついに俯いてしまった沙織の頬をそっと両手で包み、守頭が囁く。

「相手の好意に気付けないことは悪じゃない。気付いて、向き合わないことのほうがより残酷だ。相手も、自分も傷つける」

「そういう、ものですか」

恋がなにかまだよくわからない沙織には、それが本当かどうかわからず、なんだか力のない声になってしまう。

「……多分、時が来たらわかる」

どこか意味深に言われ、沙織が目をみはって顔を上げると、守頭が切なげな眼差しで沙織を見ていた。

「旦那様？」

「いや。なんでもない。……それより、今は好意より仕事で天堂に応えてやれ。それが一番だ」

好きだと言われても、好きになれないことを憂うより、彼に頼られているだけ責任を果たせ、そうすることが彼との友人関係を、そして仕事を続けることになると言われた気がして、沙織は大きく深呼吸してうなずく。

「はい。わかりました」

「それでいい。……天堂だって、結果が見えているとわかって恋したんだ。案外明日にはけろっとして金髪のパリジェンヌを連れて歩いているかもしれないぞ」

沙織が気に病まないように言った冗談だろうが、ないとも言えないあたり、守頭は人をよく見ている。

想像し、ふと口をほころばせて沙織は自分に言い聞かす。

「そうですね、多分きっとそう。逸樹なら大丈夫」

そして手にしたファイルを抱き締め、何事もなかったような素振りを装い、次の展示物へと移動する。

色味を見て、ルーペで縁に欠けがないか、金彩《きんだみ》が経年劣化で薄れていないか。

展示物を見て、いくつもの確認項目をしっかりとチェックし、そういう風に仕事に集中することで、気持ちを落ち着かせていく。

いつしか時間が過ぎるのも忘れ、美術品の世界に没頭し——気が付けば夕方になっていた。

到着した時は混雑していたプレビュー会場も今は人がまばらとなっていて、配置されているオークション会社のスタッフも、手持ち無沙汰げにしている。

恐らく、同じホテルの別のレストランを借り切って行われるレセプションへ移動したか、それとも夜のパリに繰りだしたのだろう。

外はすっかり暗くなっていて、目をこらせば白くちらつくものが——雪が、静かに舞っていた。

最後の出品物のチェックが終わり、スマートフォンを使って確認したいことを篠山へ送信し、やっとひと息ついたときだ。

「あら」

人が多かったので気が付かなかったが、窓辺のほうに小品がいくつか展示されている。

落札の予定物ではないが、レセプションが始まるまでは少し時間があるのと、もう少しだけ気持ちを落ち着けたかった沙織は、そちらへ向かって歩く。

飾られていたのは干支の形をした根付けという、今で言うキーホルダーのようなものがひと揃いと、陶器人形。

なにより沙織がひと目で心惹かれたのは陶器の人形だった。

金彩の冠を被って、漆塗りで平安時代の服を再現したそれは、雛人形、それもお内裏様と呼ばれる男雛だった。

「すごく、細やかな細工……有田焼かしら」

顔の表情の柔らかさや特徴的な筆遣い、一色に見えて縫い目に銀をあしらったり、靴の部分に螺鈿細工がはめこまれていたりと、ともかく精緻かつ多様な技術が使われていて、とても挑戦的で、でも伝統もきちんと踏襲しているそれは、珍しい一品だった。

「柿右衛門のようにも見えるけど……」

そういえば実家の倉にも、似た雛人形が収められていたのを思い出す。

もっとも、男雛が展示されているこちらに対し、沙織の実家である御所頭家の雛人形は男雛だけが欠けているのだ。

女雛や三人官女や五人囃子などはもちろん、陶器の枝に珊瑚の桜や、鼈甲《べっこう》の橘が実る木などまであったのだが、どうしても男雛とその関連する道具だけが見つけられなかった。

男雛は、どことなく守頭に似ているように見えたが、異国の窓際で、雪と夜空を背景とし展示されているためか、とても寂しげで冷たい雰囲気を醸し出していた。

——連れて帰ってあげたい。

幸い、小品ということで金額も高くない。オークション会社へ払う手数料と税金、それに美術品輸送費を合わせても、沙織の貯金でなんとかなりそうだ。

だけど、それを払ってしまうと一億を貯める計画がまた遠のく。

(だけど、それでもいいと思ってしまう。……離婚したかったはずなのに)

沙織が迷っているのだと思ったのか、守頭が静かに声をかけた。

「欲しいのか」

素直に、欲しいと言えば彼なら買ってくれるだろう。それがわかるだけに沙織は言葉を選んで慎重に答える。

「欲しいというより、私が、連れて帰りたいんです。……私の力で」

言い切った瞬間、守頭ははっとして目をみはり、それから遠い目をして微笑んだ。

「自分で手に入れたものが、欲しいもの。というわけか」

望めば与えられる生き方をしてきた沙織は、なにかを欲しがることが少なかった。

というのも、貰うことには必ず代償があること、そして自分もいつか、見知らぬ男に買われ所有されるのを早くから悟っていたのかもしれない。

だからこそ、働きたいと、自由が欲しいと思っていた。

自分でなにかを成し遂げる生き方を、自分で欲しいと思ったものを自分で手に入れる達成感を味わってみたかったから。

(結局は、旦那様に買われてしまったのですけれど)

だけど、不思議と今は辛くない。少し前までは息苦しいほど窮屈に感じていたのに。

(関係が、よくなったから……？)

考えていると、沙織の気持ちを理解してくれたのか、守頭はなるほど。と呟いただけであとは特になにも言わなかった。

沙織も、なにも言わずただ男雛を見つめていた。

そして心の中の入札リストに、その展示品のオークションナンバーを記録したのは言うまでもなかった。

6．パリで貴方に恋をして

レセプションは、日本でたまに参加していたパーティーとあまり変わらなかった。

唯一違う点は、参加している人々の服装がいちいちお洒落で、見ているだけで楽しいことと、ひっきりなしにシャンパンを勧められることだった。

そして一番困った点は、やたらと写真を撮りたいと言われたことだ。

着物の参加者は珍しく、しかも若い女性ということで目を惹いたのか、外国人が老いも若きも、男も女も、一枚！　一枚だけ！と申し出て沙織を撮りたがった。

そのたびに守頭はフランス語でなにか言うと、相手は陽気に笑って、沙織だけでなく守頭も一緒に撮る始末。

帰り道のタクシーで、なにを言っていたのか聞いてみれば「私の妻が独身と誤解されては嫌なので、夫の自分も一緒に撮ってくれ」と言っていたらしく、沙織は笑えばいいのか、呆れればいいのかわからず参ってしまった。

翌日とその翌日は休暇日で、六年フランスに住んでいたという守頭の案内でパリ市内を観光することにした。

一日目はエッフェル塔や凱旋門、ルーヴル美術館といった、これぞパリな観光地を巡り、二日目はパリ市内に現存する最古の教会である、サン・ジェルマン・デ・プレに行った。

十二世紀に完成したロマネスク様式の建築で、童話に出てくるお城のような外観とは対照的に、中は仄暗く重厚で、さすがこの地がフランスになる前のフランク王国時代から続く教会だと感動しつつ、見学を終えて外に出れば、撮影なのか、ウエディングドレスを着た新婦と新郎が教会を背景にポーズを取っていた。

(わ、いいなあ。ウエディングドレスだ)

つい足を止めて見てしまう。

特別に豪華というわけではないが、造花やパールが沢山飾ってあって、小柄な花嫁を妖精のように見せているのがすごく素敵だ。

沙織は結婚しているが、式を挙げてはいない。

だからうらやましくて、まぶしくて、他の見学者たちに交じって、こっそりスマートフォンで撮影した。

守頭はといえば、そんな沙織を止めはせず、なにか考え事をしているような顔で見守っていてくれた。

教会周辺は知識人や芸術家が集うカフェが多く、有名な著者や画家が意見を戦わせたので有名な店もあれば、名も知られずひっそりと小道にあるカフェもあり、そのどれもが賑わっていた。

店の窓辺には小粋な紳士はもちろん、一家言ありそうなマダムが居てコーヒーのカップを傾ける姿が印象的。

ちょうど、十月末に開催されたチョコレートの祭典〝サロン・デュ・ショコラ〟で賞を取った名店が近くにあるということで、守頭と一緒にそこでチョコレートを買って、カフェのカップを片手に公園でひと息いれようとなったのだが、さすがショコラで有名なフランスだけあり、色も形も様々で、沙織はうんと迷った挙げ句、カシスとラズベリーの詰め物——プラリネ——が入ったチョコレートと、シャンパンのトリュフにした。

一方、守頭はダークビターな味がするダイヤモンドの形のショコラを選んでいた。

その後はカルチェ・ラタンまで足を伸ばして街を散策。

ソルボンヌ大学にゆかりのあるエリアだけあって古書店が多いが、他には昔ながらの映画館が四つも残っていて、古い映画を上映しているのか案内板にはレトロな雰囲気のポスターが貼ってあった。

「フランス語はまるでわからないですけれど、見ているだけでも楽しいですね！」

町並みを散策しながら、沙織は隣を歩く守頭に感想を伝える。

「日本に帰国したら字幕版があるか調べて、観てみたいです」

写真を撮っていたら、守頭がさりげなく人混みから沙織を守りつつ答えた。

「その映画はもう家にあるから、お土産にショコラやプチ・シューを買って、帰国したらエスプレッソ片手に夜更かしして、鑑賞会でもするか」

思わぬ提案に、沙織は大喜びで声をあげる。

「本当ですか！　わ、楽しみです。約束ですよ」

言った途端、周囲の人がなにごとかと振り返ったので、少しはしたなかったかと赤面してしまう。

が、守頭はそんな沙織を注意するでもなく、軽く頭を二階叩いて笑顔を見せた。

「もちろんだ。俺だって楽しみだ」

ふたりして約束し、それから周囲の店をひやかすと夕方で、ディナーを摂るために、ルイ十四世がプロポーズの場に選んだといわれるパリ最古のレストランへ向かったが、途中で渋滞に引っかかった。

が、そのおかげでアルコル橋の街灯が灯る瞬間を目にできた。

日が暮れた藍色の空に向かって、暗く色を変えつつ流れるセーヌ河が、突然、ぱっと街灯の温かい光を反射しきらめきだす様は、美しいという言葉だけでは言い表せない感動があり、世界に希望が残っていると伝えているようにも感じられて、沙織はなんだか泣きたい気分になった。

レストランの中は小さな個室が沢山あって、守頭が予約したのはまさに王様がプロポーズしたという個室。

しかもシャンパンも当時と同じ銘柄を選んで押さえている徹底ぶりに、さすが抜かりがない男だと感心する。

料理はもちろんおいしくて、前菜は冬が旬の牡蠣とフォアグラのソテー、メインは鳩のチョコレートソース掛けで、味が濃厚。

だが沙織が気に入ったのは途中で出てきた根セロリの泡ポタージュで、爽やかなのに深い味わいが口直しとしてちょうど良く、いつまでも食べ続けていたい誘惑にかられる。

デザートは定番の塩キャラメルのソースがかかったスフレで、これもまた甘さとしょっぱさが絶妙で、お腹いっぱいだったのにぺろりと全部食べてしまった。

そして迎えたオークションの日。

日中は一般参加が可能なものが開催されるのと、日本との時差の関係で室内で大人しくリモートワーク。

その後、守頭が手配してくれたホテル内のエステで、頭の先から爪先までトリートメントして磨き上げられ、結婚前、母が最後に仕立ててくれた留袖を着る。

黒の正絹に裾から太股まで白い木香薔薇を入れた品に、銀の名古屋帯を締めるスタイルは、沙織なりの勝負服だ。

守頭はプレビューの時とは逆に、グレイシルバーのスーツに黒のネクタイ。それにダイヤモンドがアクセントについたシンプルなネクタイピンという、やはりクールかつ知的な正装で、つい先日も見蕩れたというのに、今日もますます見蕩れてしまった。

そして、ホテルのロビーで待っていた逸樹と合流し、三人で会場へ。

失恋の一件もあり気まずいかと心配したが、逸樹は表面上は変わらず友人のままで、守頭と舌戦を繰り広げていた。

時々、苦笑のような、微笑のような、曖昧で複雑な笑みを向けられることに戸惑ったが、そこでうろたえれば相手を変に期待させると気付いてからは、あえて幸せいっぱいだという風に微笑みを返すことにした。

そのほうが、思い切れていいような気がしたし、逸樹なら、失恋したとしても相手の幸せを願う度量があると信じてもいた。

ともあれオークション会場に入る。

一段高いステージの上には、大統領が演説するような台があり、おなじみのハンマーを持った進行役がやや早めの英語で商品を紹介する。

逸樹のお目当てだった品は前半に集中している上、どれも予想通りかそれよりわずかに安い金額で落札できた。

といっても、一品が百万単位の価格変動なので、沙織は内心ヒヤヒヤしたものだが。

休憩を挟んで、第二部が再開されてからすぐは、人が戻ってないこともあって小品からスタートする。

沙織はサービスのシャンパンを断り水で通したほど、この小品オークションに賭けていた。

――どうしても、あの男雛を日本に連れて帰ってあげたい。

その思いで席につき、根付けから始まる小さな品のオークションをやや緊張しつつ、見守る。

さほど価格帯が高くないことや、欠品――本来はセットであるが、片方が紛失したなどの訳あり品――が多いとあって、落札の声もまばらで、落とされないほうが多いほどだ。

これなら、自分が落札できそうと安心した頃、ちょうど男雛の番がくる。

開始金額は五百ユーロから。

沙織の預金――逸樹から頼まれた仕事の礼金と、小さい頃から貯めていたお年玉――を使うなら、二千ユーロまでは大丈夫だ。

オークション番号が読み上げられ、さあ、落札するぞと入札用の札を握り締めた時。

「五百十ユーロ」

落ち着いた声が先に上がる。

はっとして目を走らせれば、黒のイブニングドレスにムートンのショートジャケットを羽織った、年配の女性が札を上げていた。

予想外だった。他に競争相手がいるとは。

(油断しすぎました)

あわてて札を上げれば、進行役が五百二十ユーロと、声も出ない沙織の代わりに金額を読み上げる。

この小品のオークションではステップが十ユーロに設定されているので、手を上げれば即金額が加算される。

これでなんとか、と思うも、沙織の焦りや思いとは裏腹に老婦人は淡々と手を上げ、たちまちに五百三十ユーロの値段を付けてしまう。

その後も沙織が値を付ければすぐに塗り替えられ、あっというまに千九百八十ユーロまで上がってしまった。

どうしよう。

次に値を上げたら沙織はもうお手上げだ。

焦りからか札を握る手の平にじっとりと汗が滲み、会場のライトが暑いと感じるほどなのに、背筋だけが奇妙に冷たい。

顔はだんだん強ばっていって、随分怖い顔になっていそうだ。

なのに老婦人は、そんな沙織を試すように一拍置いて、千九百九十ユーロの値段をつける。

(どうしよう。もう次しかない。だけど全然決まる気がしない)

これで駄目ならもう出せるお金がない。

落札はできても手数料や関税が払えない。

守頭をあてにすることもできたが、それをやるのは違う気がした。

彼を頼らずに落とすと決めた自分の気持ちも、それを認めてくれた彼の気持ちも裏切ることになるし、なによりフェアじゃない気がした。

（諦めるしかないのかしら）

悲しみと悔しさがないまぜになった感情が喉を締め付け、息が苦しい。

腕を重くしていると、左手側に座っていた守頭が沙織の手に自分の手を合わせ、それから指をしっかりと絡めて握った。

「後悔するな。……賭けは、常に挫折の覚悟ができているものが勝つ」

低く鋭い囁きが隣から聞こえた瞬間、沙織の心を脅かしていた不安がたちまちに消え、まるで光が差したように気持ちが前を向く。

真っ直ぐに顔を上げ、震えがちな指を叱咤し入札の札を上げる。

「二千ユーロ！」

凜と声をあげる。

刹那、会場から音が消えた気がした。

今まで黙って札を上げるだけだった沙織が、鶴のように声をあげ、羽ばたきよりもしっかりと腕を上げた姿は印象的で、誰もが振り返ってその姿に見とれていた。

競争相手となっていた老婦人もそうで、驚いたように目をみはり、沙織を見ていたが、沙織の視線は彼女にも周囲の参加者にもなく、ただただ真っ直ぐと――男雛を示すオークション番号へと注がれていた。

オークションの残り時間を示すデジタルタイマーが数を徐々に減らしていき、そして――。

「落札、八十八番のマドモアゼルに！」

タイマーのベルで我に返った進行役が、高らかに沙織のナンバーを落札者として読み上げる。

言い知れない高揚感が足下からじわじわと迫り上がり、沙織は頬を紅潮させながら立ち上がってしまう。

すると、会場の半分ほど席を埋めていた参加者たちから拍手が起こった。

競合していたマダムも、「仕方ないわね」といった微笑みで沙織たちを見て拍手を送っている。

喝采というにはまばらだったが、沙織には充分なものだ。

勝利の嬉しさに隣を見れば、守頭も嬉しそうな笑顔となっていて、ふたりで見つめ合いうなずいて、同じ気持ちを共有する。

その間、繋がれた手はもちろん指も解かれることはなく、どころかますますきつく絡み合って、互いが一体であることを示していた——。

契約書にサインしているときも、興奮で指が震えていた。

帰りの車の中ではずっと契約書が入った封筒を胸に抱きっぱなしだったし、部屋に戻ってからはまず最初に、スーツケースの一番深いところにしまい込んだ。

それでもまだ信じられなくて、沙織は意味もなく部屋を歩き回ってしまう。

「まったく。沙織にそれほど気に掛けてもらえるとは、その男雛に妬けるな」

苦笑しながら守頭が言うのに、まあ、と沙織は微笑む。

「相手は人形ですよ？」

「その人形は幸せだな、沙織にそんなに気遣われて」

からかいを含めつつも、どこか拗ねたような表情を見せられ、沙織はついに声を出して笑いだす。

「旦那様もちゃんと気遣って大切にしてますよ？」

オークションで落札した興奮に加え、オークション終了後に、勝利祝いでシャンパンを飲みすぎたのもあって、沙織は浮かれ気分のまま側で見ていた守頭に抱きつく。

深い森に迷い込んだような緑とレザーに似た艶のある香りが鼻孔をくすぐり、スーツの滑らかな感触が頬に触れたのも一瞬、すぐに両肩を掴まれてふたりの間に距離を作られる。

はっとして顔を上げれば、困ったような、それでいて切なげな表情をした守頭の顔が目に入り、あわてて一歩後ろに下がる。

「ご、ごめんなさい……。酔って、浮かれすぎちゃいました、ね」

親しみを込めた抱擁から逃れられ、そこで初めて、自分は彼に離婚すると言い渡したことを思い出す。

どうせ別れる妻にこんなことされても嬉しいはずがない。

それに元から守頭は沙織に対し女を求めては来なかった。

初夜からずっと、一度だって、本来、夫婦ならあるべき身体の関係がない。

親しくなった最近だって、キスや手を繋ぐことはあってもそれ以上はない。それも海外暮らしが長かった守頭にすれば、家族か親しい人に対する敬愛の仕草でしかなかったのだろう。

それを好意によるものと勘違いし、このまま時間が過ぎればいつかは互いに――などと意識した沙織のほうが可笑しい。

（一線は越えてない。そこに旦那様の気持ちが表れているのに）

先ほどまでの高揚感も嬉しさも微塵もなくなっていて、今はどうしようもない寂しさと後悔が胸を満たす。

(馬鹿ね、離婚しようと言い出したのは自分なのに)

一億円を返せたら離婚。

あの日、確かにそう話したが、一億円なんて本来守頭の財力を考えれば、大したことのない金額だ。

一億円に縛られているのは沙織だけで、御所頭の名前でもう必要な人脈ができた彼の方は、離婚したいと思えばいつでも沙織を切り捨てられるはずだ。

本当に好きな人が、心から妻にしたい人が現れれば、お飾りにすぎない沙織など用済みだろう。

その時、沙織が妻でありたいと訴えれば、情に篤い守頭は考え直すかもしれない。

けれど、とうに離婚を言いだしている今、沙織にはなにも言う権利がない。

否。

むしろこれ以上、距離を縮めないほうがいいのではないか。お互いのために。

そう考え、沙織は守頭から距離を取る。

「ごめんなさい、本当に。私、えっと……もう、寝ますね。今日は、ありがとうございました」

無理やりに笑顔を作ろうとするけれど、どうしても顔が上げられない。首はうなだれたままで、手はずっと着物の表を握っている。

駄目だこんなのでは、子どもみたいに聞き分けのない態度はいけない。

笑って、そして、清く正しく、きっぱりとした関係でいなければ。

（わかるのに、どうしてこんなに悲しいの）

潤みかけた瞳を見られたくなくて頭を振って、背を向ける。

それから一歩踏みだそうとした時だ。

「沙織ッ」

鋭い声で制止され、同時に手首を取られ驚く。

抱きついた時は距離を取ろうとしたのに、今度は引き留めてくる守頭の気持ちがわからず混乱していると、すぐに肩をまた掴まれてくるりと振り向かされる。

「違う、そうじゃない。嫌だとか迷惑とかそんな考えでしたことじゃない」

まるで考えを見透かしたように、守頭が常にない必死さで言いつのる。

「だが、俺も男だ。妻から、沙織から抱きつかれて、なにもせずにいられる自信がない。ただ、それだけだ」

ぐっと引き寄せ、だが身体同士が重なり合うギリギリのところで押しとどめ、守頭は顔を歪ませる。

その瞳は見ている沙織が苦しくなるほど物憂げで、迷いと欲求に揺らいでいて、知らず息を止めてしまう。

「旦那、様」

「君が欲しい。沙織」

間違いようもなく、女として求められて沙織は頭の中が真っ白になる。

「できれば、まだ言わずに済ませようと思った。言わないほうがいいと思った。だけど、今日ほど魅力的な君を見せつけられては、どうにも自分が抑えきれない」

苦しさと熱情の間で懊悩する気持ちをぶつけるように、守頭が声を急かせる。

激しく、強い感情の吐露に沙織は自分の心が感動に打ち震えるのを感じた。

「すまない。本当に……傷つけるつもりはなかった」

低く掠れた声で言われ、沙織はゆっくりと腕を持ち上げて、守頭の腰へと回す。

それから恐る恐る彼に触れ、そのましっかりと抱き締めた。

「私も……旦那様を感じたい。——瑛士さんを」

初めて彼の名を口にし思いを告げる。

(恋、している……。私、瑛士さんが好き)

好意はあった。夫だからいい関係を築こうとした。

だけど、それだけでは説明の付かない思いが——恋と愛しさが沙織の中で花開く。

言えないまま、ただ、彼を抱き締める腕に少しずつ力を込めていく。

——好きな人に触れるのが、こんなに怖くて、幸せなことだなんて知らなかった。

こんな少しの行動が、仕草が、吐息さえも相手に嫌われないかと考え迷い、不安になれば、誰だって怖々としてしまう。

でも触れたい。触れずにいられない。

それほどに誰かを求めることを、恋と言わずになんと言うだろう。

もっとしっかりと守頭を、惚れた男を感じたくて沙織は力一杯に相手を抱き締める。

すると守頭も腕の力を増し、どころか沙織の肩首に顔を埋め熱い吐息を肌に吹きかける。

ゾクゾクとしたものが首筋から胸へと伝わり、ジンとした痺れになっていく。

初めて味わう感覚にぼうっとしていれば、たちまち男の手に顎を掬われて上向かされる。

「あ……ッ」

小さく声をあげた時にはもうふたりの唇は重なっていて、薄い皮膚を通して伝わる熱が、蕩けるような心地を生じさせる。

守頭は角度を変え、あるいは下唇を軽く噛んで戯れながら手を沙織のうなじに走らせる。それから指で触れるか触れないかの距離で頸椎の場所をなぞりながら、ゆっくりと頭を手で包み込む。

そうして、彼の手がかんざしに触れた途端、思わぬ素早さで引き抜かれ、留めていた黒髪が一気に背を滑り落ちる。

毛先が肌を撫でる感覚にも身がわななき、与えられるすべてを受け入れようと期待に震える。

解かれたばかりの髪を手で梳き撫でられるのは得も言われぬ気持ち良さで、沙織は口づけの合間にほうと小さく吐息をこぼす。

それが男の劣情を煽ったのか、ためらうように沙織の着物の襟を辿っていた指がすっと背筋を伝い落ち、帯に手をかけ一気に抜く。

突然からだが楽になった気がして、また息をこぼす。

強く抱き締められたまま耳に口づけられ、沙織はびくりと小さく身を跳ねさせる。

「沙織のすべてが欲しい」

求める声は短かったが、美辞麗句を紡いだ口説き文句よりずっと好ましく、なにより強い男の欲求を──欲しいと希《こいねが》う気持ちを表していた。

その声に応じるようにより強く抱きつけば、耳たぶをそっと噛まれ、そこから顎《あご》、喉と引き締まった守頭の唇がなぞり、同時に襟元がたちまちに崩れていく。

肩から腕を着物が滑る音がして、沙織が、あ、と声をあげれば、開いた喉元に守頭が口を寄せ、そのまま悪戯するように鎖骨を舌でなぞられた。

「あっ、あ」

驚きと羞恥で出た声は甘く、自分のものとは思えないほど艶めいて、これが女の声なのだと脳裏のどこかで理解した。

ほどけた帯が身動きごとに緩んで腰から下へと落ちていき、それに合わせて守頭の手も沙織の背から腰、尻へと撫で降りていく。

まるで形を確かめるように、幻でないと探るように慎重に、だが留まることなく愛撫を繰り返され、身体全体が熱を持つ。

ぐっと力強く尻を揉まれた衝撃で身を仰け反らせれば、同時に守頭を抱く腕の力が抜け空を滑る。

着物の袖が抜け、すぐに帯揚げと帯留めも解かれ、漆黒の絹が足下にわだかまる。

その中に、裾に描かれていた木香薔薇が散り咲いている様は美しく、これから抱かれようとしている沙織を、夢心地へと誘い込む。

もう、襦袢を着ているのさえもどかしい。この男が自分のつがいであることを、夫であることを、本当の意味で理解したいと思う。

そんな欲求から身じろぐ沙織を片腕で支えながら、守頭は荒っぽい仕草で自分のジャケットもベストも脱ぎ捨てて、布が擦れる音を高く響かせながらネクタイまでも引き抜いてしまう。

乱暴にしたせいか、喉元のボタンがひとつふたつと外れ、そこから男の肌が覗いた瞬間、沙織はあまりの色気に息を呑む。

どんなときも、きっちりと身なりを整えている男が、自分欲しさに服を乱す様はどこか扇情的で、沙織の女としての満足感と興奮を昂ぶらせる。

どちらともなく互いの服に手を伸ばし、秘密を共有するように額を合わせ、小さく笑い合いながら服を脱がせていく。

震える指先で守頭のシャツのボタンを外せば、彼の指が襦袢の留めを解いてしまう。時には布を引っ張って気をひき、引かれて小さく息を詰め、笑いながら互いを乱していく。

解かれた襦袢を開かれれば、さして大きくもない乳房がまろびでて、沙織はあわてて手で隠す。

その手を取って甲に口づけすると、守頭はいきなり身を屈め、次の瞬間沙織の膝裏に腕を入れて抱き抱えた。

「きゃっ」

いきなり高くなった視点に驚きの声をあげれば、ひどく嬉しそうに守頭が目を和らげ、抱き上げた沙織の耳元で囁く。

「本当に、着物の下には下着を着けないいんだな」

最近はそうでもないが、沙織が育った家は生粋の旧家である。

よほどのこと――月のものがあるとか――以外は、直肌に襦袢が当たり前だった。

けれど今はそれがひどく恥ずかしい。

後一枚布を奪われてしまえば、もうなにもない。

本当に、生まれたままの姿を守頭の目に晒すことになるのだ。

気付いて羞恥に頬を火照らせれば、そんな表情も可愛いと甘やかされる。

そうするうちにベッドまで運ばれ、静かに、音さえ立てず降ろされて、その返す手で室内の照明が絞られ急速に暗くなる。

ベッドサイドの照明調節を弄ったのだと気付いて、守頭を見れば彼もシャツを脱ぎ捨てて上半身を晒していた。

何度か目にしたことはあるけれど、今ここで見るとやはりすごい肉体美だと思う。かといって筋肉だらけではなく、必要なところには筋肉がついて綺麗な流線や斜線を描いて絞られている。

圧倒的な男性美に感嘆の吐息を落とせば、相手も沙織を見て息をこぼす。

双方同時に見蕩れながら、互いの身を近づけて、そうなるのが定められていたようにキスをし、触れた。

電流が走ったような甘い痺れが身体を駆け抜ける。

皮膚に直接感じる男の熱は強烈で、それでいて甘美で、欲情に輝く瞳は官能を煽り、沙織をたまらない気分にさせる。

触れて、触れられて、互いの熱がひとつになって、そうしてだんだん呼吸も鼓動も乱れ、どちらのものかもわからなくなる。

熱と羞恥に火照った肌から滲む汗は、それ自体が重ねる肌を馴染ませる媚薬のように、互いの身体をしっとりさせて、包まれる悦びだけを加速させる。

貴方が欲しい。どこまでも、なにがあっても。

そう思ったのか言ったのか。絶え間ない愛撫に声をあげさせられ、感じ、極めていく中ではもうわからない。

ただただ愉悦に酔って、快感に啼き、ひたむきに守頭に縋り抱きしめた。

彼も喜悦の吐息を沙織の肌に吹きかけ、気持ちよさそうに目を細め、半分伏せた眼差しで女体のすべてを眺め堪能しつつ奉仕する。

もうこれ以上は訳がわからなくなる。いや、もうわかっていない。

ただただ守頭が欲しくて、沙織は腕を伸ばし名を呼ぶ。

「瑛士さん……ッ」

涙さえこぼしながら求められて、耐えられる男などそういない。

まして相手が最愛の人であればなおのこと。

守頭はわずかにでも離れることを惜しむように沙織と肌を重ねていた身を起こし、それからゆっくりと兆し猛る自身を沙織にあてがう。

痛みは、一瞬だった。

それよりもひとつとなれる感動と達成感のほうが大きかった。

慎重に、少しずつ身を進めていた守頭のものが、沙織の小さな体内にすべて収まった時、やっと夫婦になれたと実感した。

あとはもう、ただただ本能のままに求め合った。

うねるような快感の波にさらわれては高みへと追い上げられ、どこまでも欲しがる守頭の律動に身を任せ、与えた。

そうしてすべてが頂点を極めた時、沙織はこの幸せな一瞬が、永遠に続けばいいのにと、心からそう思った——。

7．邪魔者と蜜月の終焉

日本に帰国してからというもの、日々忙しくしているうちにあっというまに一月になっていた。

沙織はもちろん、守頭も、パリにいた間に溜めていた仕事に忙殺されて、平日はろくにくつろぐこともできないまま寝て居た。

その分、ふたりとも休日はしっかり取っていて、約束通りにパリで購入したいろんなお店のショコラとコーヒーを手に古いフランス映画の鑑賞会をしたり、動画サイトで沙織が見つけたフランス風の煮込み料理を一日かけてふたりで実践したり、あるいは、時折めかしこんで外で食事やデートもした。

そして週末になると決まって守頭は激しく、熱烈に沙織を求めた。

平日は仕事に疲れている沙織を気遣って、キスや抱擁などの甘い触れあいで済ませる分、週末の愛し方と可愛がり方は半端ではなく、徹頭徹尾蕩かされて、ひどいときは一日中ふたりでベッドにいて、食事は高級ホテルから取り寄せたもので終わらせる、なんて自堕落な過ごし方をする。

好き、と言ったことがなくとも、抑えていた気持ちが溢れ出たみたいに、沙織の心は守頭へ傾倒していて、以前までは旦那様と他人行儀に呼ぶことが多かったのに、今では瑛士さんとばかり呼んでいて、旦那様ということもほとんどなくなっていた。

結婚してからの一年、どうして触れ合わず、ろくに会話もせずに済ませられたのか不思議なほど今は仲睦まじく、そのことで逸樹や篠山さんによくからかわれた。

逸樹は帰国直後は、こちらが気まずくなるほど仕事漬けだったが、クリスマス近くになってようやく失恋から立ち直ったようで、以前と変わらぬ軽口や、余計な仕事を投げては沙織を困らせ笑うという、高校時代となんら変わらぬ付き合いに戻っていた。

どうやら、新しくアシスタント兼秘書として採用された年下の女性が彼になにか言ったらしく、それからふたりは時折食事に出かけているらしいが、それはもう、沙織の与かり知れない話だった。

くだんの男雛は無事に沙織と守頭の家に届けられ、ガラスケースに入れてリビングの特等席に飾ってある。

実家にある男雛が欠けたひな飾りを取りに行きたいが、無理に休暇を取ったためか、守頭の多忙さは尋常でなく、正月は京都の実家に戻れず、東京で過ごすことになりそうだった。

それでもイベントはしっかり押さえている男で、クリスマスは東京駅に併設するホテルでディナーしたまま宿泊し、正月は金沢まで小旅行して、ふたりで温泉を満喫した。

もっとも、温泉付きの部屋で湯に浸かりまくるという普通の堪能の仕方をした沙織に対し、守頭はなんだかんだと理屈をつけては妻との混浴を――そして、言うまでもない色事を――たっぷり楽しんだのだったが。

（ああ、もう、明日は旧正月なんですね。一月もあっというまに終わってしまって）

仕事帰りの道を歩いていた沙織は、バレンタインデーのディスプレイに切り替わり始めた街を見ながら、思う。

あちこちにチョコレートのスイーツや、チョコレートのデザインをあしらった商品が並びだしていて、見て居るだけでも楽しい。

「バレンタインデーって、こんなにワクワクするイベントだったんですね」

気分が上がってきたためか、つい独り言をこぼしつつ沙織は足取りも軽く街路を歩く。

（バレンタインは、最高の一日を瑛士さんに贈るのはどうだろう）

クリスマスを、食事からプレゼントからなにまですっかり守頭に演出されたお返しをしたいし、なにより、守頭への好意を少しでも形に残しておきたい。

（そうだ、篠山さんとショップ巡りをしても楽しいかもしれない）

早速、明日提案してみよう。彼女もチョコレートに悩んでいたみたいだし。

などと考えながら家まで帰り着き、スーツのジャケットを脱いで、家事に移る前にひと息入れようと、紅茶の用意をしていたところだ。

不意にコンシェルジュデスクからのコールが入り、来客を告げられる。

三見頼子だ。

「一体、なんの用事かしら……」

年末に、一月中には解雇すると守頭が話していたのを耳にしたが、それについての直訴だろうか。

だが生憎というか運よくというか、守頭はまだ帰宅していない。

部屋に上げるべきかどうか迷っていると、奥様の実家のことで大切な話があると告げられ、沙織はつい、上げてくださいと口にしていた。

結婚してから、実家とは定期的に連絡をとっていた。

電話口でこそ父は相変わらずで「沙織が嫁いで寂しそうよ」と母からは聞かされていたが、なにかあったのだろうか。

身体は健康だが、時々無茶なこともする父だ。

またなにかやらかして、守頭に迷惑をかけているのかもしれない。

その場合、沙織に心配を掛けさせまい、あるいは気負わせまいと守頭がなにも言わず処理している可能性もある。

迷った末、チャイムが鳴った扉を開けると、どこか疲れた風な三見が苦笑しそこに立っていた。

立ち話もなんですからと、社交辞令のつもりで言えば、相手も、「ええ、人に聞かれるような場所でする話でもありませんし」と、家に上がる気満々で、勧めるより早くスリッパに足を突っ込んでいた。

「紅茶しか出せませんが」

他県の人が怖れるように、「お茶漬けでもいかがです？」と言いたい気持ちを抑え、大人の余裕、人妻の落ち着き。と、三度心の中で繰り返し紅茶を淹《い》れ、ソファで待つ三見の前に出す。

「それで、私の実家に関する話とはなんでしょう」

挨拶しない無礼を承知で切り出すと、三見はふっと笑って紅茶を持ち上げる。

優雅に口元までもっていく仕草で、彼女が自分に自信があることとまったく冷静であることがわかる。

「まず、ご挨拶からにしましょうか」

目を細め、口だけで笑みつつ三見が言う。

挨拶からと言ったのは沙織に対する当てつけだろう。

（これはなかなかの舌戦になりそうですね）

上品に、淑女として、徹底的に相手をやり込める。

社交界ではよくあるやり方だ。

パーティーや催しこそあまり出席してない沙織だが、習い事は父の意向で一流の先生に付いた。

そのため、同席する生徒は年配の御夫人から同年代までみな社交界に属するもので、彼女らが実に品良く戦い、相手を傷つけるのを見てきた。

三見も、東京と京都の違いや、細かな差異はあるといえど元社長令嬢。

しかもやり合う気なのだ。沙織も無傷では済ませられない。

（だけど、賭けは、勝負は、挫折する覚悟がついている人が勝つようにできている）

オークション会場で沙織が怯んだ時、守頭が口にした言葉を思い出す。

（……大丈夫、傷ついても泣いても、私は立ち上がれる）

だから徹底して負けない。絶対に。

そう思いつつ相手を見つめれば、彼女は嫌な笑いをそのままに口にした。

「私、解雇されてしまいましたわ」

貴女のせいでしょう?と言いたげな響きに沙織は間髪いれず微笑みを返す。

「そうですか、夫からそういう意向であるとは伺っていましたが。まあ、残念です。……今まで大変お世話になりました」

いろいろしてくれてありがとうではなく、いろいろと嫌がらせされて本当にお世話ばかりかけさせられましたの意を込めて言うと、相手のこめかみがぴくりと一度動く。

「あら、奥様を怒らせるようなことをしたからかしら？　この解雇は」

「常識的に振る舞っていれば、普通は解雇されませんものね」

あくまでも沙織の仕業にして被害者ぶりたい三見に対し、それは貴女の問題でしょう。と突っぱねれば、相手はいよいよ顔を引きつらせた。

だがまったく気にならない。

もともと、愛人であると嘘をついたり、その嘘を補強するために業務で借りていたカードキーを使い、上司の家で勝手にシャワーを浴びた女である。

（なにが飛び出しても怖くない）

腹をくればどうとでもなる。

そう、思っていたはずだった。

「真っ直ぐに育てられたのですね。お可哀想」

まるでそぐわないふたつの表現に強烈な皮肉を感じつつ、だが余裕を湛えた表情で相手の言葉を待っていた時だ。

「そんな貴女を育てたお父様を騙したのが、実の夫である守頭だと気付きもせず、ままごとの夫婦ごっこを演じさせられているなんて」

なにを言われたのか、一瞬、思考が及ばなかった。

「お父様を騙したのが、瑛士さん……ですって？」

瞳が揺らいだのを見抜いたのか、三見は口紅を塗った唇を露骨に歪ませ嗤う。

「ええ、貴女のお父様から一億欺し取り、それを返す代償に貴女を花嫁として差し出させた。……父親が外交官とはいえ、ただの市民出身の守頭が上流階級の世界に出入りするためにはそうするしかないものね」

ざくざくと言葉の刃が胸に刺さる音が聞こえた気がした。

そんな馬鹿なと思いつつ、だが思い当たる節はいくつもあった。

社交界に出入りするため一億で沙織の夫の地位を買ったこと、守頭がパーティーで顧客を増やし、今期の会社の業績は前年の四倍にも及ぶ勢いであること。

「そんな、馬鹿な。……なんの証拠もないのに信じることはできません」

そうだ。落ち着け。

証拠もないのに疑っては、この狡猾な女の思惑通りに動くことになる。

冷静になれと自分に言い聞かせつつ相手を睨めば、彼女はひどく勿体ぶった仕草でビジネスバッグから封筒を取り出し、そこから一枚の書類を取り出す。

裏表にびっしりと文字が刻まれた書類の表題には、売買契約書と書かれており、そこには父が土地を売却して得る金でとある会社の株を購入することが記されていた。

急ぎ目を走らせ、裏面を返し見た沙織は目眩を感じた。

契約書の欄に父の名と印鑑とともに並んで印されているのは、守頭の会社名と彼の名前、そして会社印だった。

二通作成したことを示す割り印まで間違いなく彼と父の印鑑で、だからこそ沙織はこれが本物の契約書だと認めるしかなかった。

(そんな、嘘よ)

妻として求めてくれた。

望みを叶え、あるいは見守り、手助けし、常に支え甘やかしてくれた。

それもこれも、すべては父を——ひいては沙織を自分の思うままに動かし、御所頭という家の名を借りて、さらなる野心を満足させるためだったのかと、そんな疑念が心を黒く塗りつぶしだす。

顔色を失った沙織を見て、三見はおかしそうに喉を震わす。

「大方、私ともなんの関係もないと言われてころりと騙されたのでしょう？　そんなのは嘘。……でも、あの男は自分の才能と金しか信じない。そのためにはどんな嘘もつける冷酷な男よ」

言われ、初めて出会った時の守頭の姿が頭を過る。

西洋人形のように整いすぎた顔はなんの表情もなく、声は常に平坦で感情のありかを悟らせない。

徹頭徹尾理知的で、なにを考えているのか読ませてくれない。

そんな彼だから、離婚すると口にした途端、人が変わったように沙織を妻として大切にしだしたのも、演技かもしれない。

別れれば、もう、御所頭家の婿という立場を利用して社交界に出入りすることは難しくなると。

三見との関係もまた、彼女が言うように沙織を騙し続けていたのだろうか。

嫉妬の炎が胸の底で揺らめき燃えたち、沙織は我を失いかける。

感情のままにひどいと彼を断罪しだす。

瞬間、別の記憶が沙織の脳裏を埋め尽くす。

一緒に料理を作ってくれたこと、黙っていても必ず助けてくれたこと。それについて決して恩着せがましくはせず、沙織に気負わせまいとする大人な態度。

パリの街を巡った時に見た少年のような笑顔、繋がれた手の温かさ。

そして、彼と繋がった時のあの共鳴する気持ちは、恋と信じた感情は、絶対に嘘なんかじゃない。

（だとすれば、この契約書が偽物でないと話が成立しない）

唇を噛み、その痛みで理性を呼び戻し、沙織はもう一度契約書を見直す。

記載されている文言におかしなところはない。

父の署名と実印も本物で、守頭の会社印と代表取締役社長という肩書きもおかしなところはない。

だったらどちらが嘘なのかと、頭の中で必死にあがいて結論を出そうとしたとき。

ふと茶色の罫線の書類が記憶の中で閃いた。

縋るようにその記憶を掘り起こし、必死になって細部を思い出す。

離婚届と同じ様式のそれは、沙織が結婚したときに書いた婚姻届だった。

証人となった父と母、そして妻たる自分の名前。

なにより、守頭の直筆の署名。

真っ直ぐで勢いがあって、彼の性格同様にきっちりと角が取られた筆跡は端麗で、これが夫となる男の文字か。と変に感動したのを覚えている。

後になって聞いてみれば、海外生活が長く、筆記体の英語ばかり書いていた守頭は日本語の文字が得意ではなく、つい崩れがちになってしまうのを、日本で事業を立ち上げるのを切っ掛けに短期集中でペン習字を習い、字を直したのだと。

――クライアントとの契約書で下手な字だと、本当に任せていいのかと不安になるだろう？　特に金を持っている年配の男性は、そういうところでも人を判断する傾向がある。だから、直した。

どこか照れくさそうに教えてくれたことを思い出し、記憶の中の文字や彼の言葉と、三見が差し出した契約書の署名を比較する。

まるで話にならないほど、沙織の知る守頭の筆跡とは違っている。

一字一字の文字の大きさが違うし、漢字の止めやはらいもいい加減で、名を示す瑛士の文字も歪んで見える。

「……許せない」

「ええ、そうでしょう。そうでしょうとも。ねえ？」

自分の手の平の上に沙織が乗ったと勘違いした三見が、歓喜を帯びた声を出すが、沙織は煽られるどころか、いっそう冷ややかな眼差しになっていた。

「一瞬でも、夫を疑った自分のことを、まったく許せません！」

「ええそうでしょうと……え？」

同意しかけ、三見が間の抜けた声を出す。

「守頭を信じたことを後悔しないと言うの⁉」

一拍置いて三見が叫ぶのを、沙織はにらみつけて黙らせる。

「当たり前です。……馬鹿らしいですわ。こんな偽物の書類を信じただなんて！　妻として失格です！　私もまだまだ精進が足りない！」

彼は、沙織を騙す人じゃない。

守頭は常に沙織の問いに、正直かつ誠実に応えてきた。

出会った時から今まで、ただの一度も沙織を丸め込もうだとか、意見をねじ伏せようとしたことはなく、淡々と、だがひとつのごまかしもなく応えてくれた。

言葉が足りなかったりすることはあるが、それも行動で補って、夫の役目を果たそうとしてくれていた。

そんな人を信じないなんて、本当に妻としてありえない。

「旦那様は、私を騙す人じゃない。それは私が大切に思う人に対しても同じ」

恋敵である逸樹の気持ちすら慮るほど、人の気持ちに対して真面目なのだ。

そんな人が父を騙すはずもなく、こんな乱れた、人格のいい加減さが伝わるような文字もまた書かない！

「あなた、騙されてるわ」

「騙してるのは貴女です！　詐欺を働いたのも貴女なのね！」

ほとんど直感で叫ぶと、それが図星だったのか三見が奇声をあげて立ち上がり、テーブルにあったティーカップを手に取り沙織に向ける。

咄嗟に目を閉じ、腕で顔を庇う。

だが熱湯がかかるより早くドアが乱暴に開かれる音がし、大きな足音が近づいてきた。

なんだろうと目を開けた沙織の視界に映ったのは、今まさに熱い紅茶を沙織にぶちかけようとしていた紅茶ごと腕をひねられた三見と、彼女の放った紅茶をその身に受けて顔を歪める守頭の姿だった。

「瑛士さん！」

熱湯が彼の上質なスーツにかかり、たちまち染みが広がり湯気が立つ。

だけど守頭は沙織の声にかまわず、背後を振り返り声を張り上げた。

「ここだ！　三見頼子はここにいるぞ」

告げた途端、幾つもの足音が重なり近づき、部屋に複数の男たちが雪崩れ込む。

そのうちのひとりは特徴的な紺色の制服をきていて、ひと目で警察官だと知れた。

どうして警察が——と、目を大きくしていると、銀色の手錠が閃き、ひねられた三見の手首にからんでガチャリと閉じる。

「三見頼子！　二十時十三分、詐欺、公文書偽造、そして暴行容疑で逮捕する！」

警察官が高らかに宣告した途端、三見が引きつった悲鳴を上げもがき暴れるが、私服警官だろう別の男が脇からがっちり抱え込んで、そのまま引きずるようにして家から連れ出して行ってしまった。

「大丈夫ですか、社長」

遅れて、守頭の秘書である初瀬川が、髪を乱しながら駆けよってきて、沙織ははっと息を呑み我先にと守頭の側へ寄る。

ポケットからハンカチを出して、彼の顔にかかった紅茶を拭い顔を寄せる。

「大丈夫ですか、瑛士さん！　火傷は！」

心配のあまり顔を引き寄せ、ほとんど口づけする距離になっていたが、焦る沙織はまるで気付かない。

「肌は痛くないですか？　水ぶくれになってたら……。ああ、スーツはクリーニングしても、もう駄目かも」

まくしたて、必死で濡れた肌を拭いていると、なぜか初瀬川がわざとらしく咳をして、続いて守頭も咳払いする。

「大丈夫だ。驚いただけでそんなに熱くはなかった」

憮然とした口調で言われるが、それが照れ隠しであることは、彼の肌が火傷以外の理由で赤くなっていることと、自分が彼のシャツの襟首を大きく開き顔を寄せていることで気付き――。

「ご、ごめんなさい！　旦那様が心配なあまり、私ったら！　なんてはしたない」

見ようによってはうなじに口づけしようとしている姿勢だとわかり、沙織はあわてて距離を取る。

が、場所が悪かったのか、すぐに尻がソファの背に当たってよろめいてしまう。

「沙織」

名を呼ぶと同時に、当たり前の仕草で腰に腕を絡めて抱き寄せて、それから溜息をついて守頭がぼやく。

「俺が火傷するより、沙織が転ぶほうがきつい」

「あら……まあ、その……ごめんなさい？」

実にさらりと惚気られ、当人である沙織が逆に照れてしまう。

ふたりとも赤くなって、恥じらって、視線を合わせては逸らしを続けていると、また初瀬川が咳払いした。

「ええと、その、大丈夫そうですので社長と奥様は、どうぞ家でおくつろぎください。後のことは私が警察から伺っておきますから」

「……ああ、頼む」

照れ隠しなのか、いつも以上に素っ気なく守頭が秘書の初瀬川に告げるが、彼はそんな守頭の性格を知ってか知らずか、微笑ましいと言いたげな表情を見せつつ頭を下げ、警察と一緒に出て行った。

その後、守頭にはとりあえずシャワーで身体を清めてもらい、沙織は床の拭き掃除をして紅茶を入れ直す。

牛乳から煮出した紅茶を二杯用意して待っていると、さっぱりとした顔で守頭が髪を拭きながら戻ってきた。

「解雇を告げた途端、会社から三見が姿を消して探し回っていた。逃げたと思っていたが、まさか沙織の所へ来ているとは」

どこまでも逆恨みする女だな、と悪態をついて守頭は事情を説明しだした。

「実は、結婚する三年前に、仕事で御所頭家を訪れた際、沙織とは会っていた」

「ええっ」

一億で婚約者の立場を買う、という衝撃的な発言をした日が初対面ではなかったのかと、思わず声をあげるも、守頭は驚きもせず、それどころか、申し訳なげに続けた。

「その後、人づてに沙織のことを調べ、これならと、結婚を申し込もうとしていたのだが、それを先に嗅ぎつけた三見が、沙織と結婚できないようにしてしまうついでに、遊ぶ金も手に入れようと、俺の名前と会社印や契約書のフォーマット、それに懇意にしていた男を使って偽者を仕立て上げ、君の父親に詐欺を働いた」

「社印と契約書が本物だったなら、そこそこに人を見る目がある者でも割合簡単に騙されてしまうでしょうね……」

これは美味い話だ。それに、会ってはやらなかったが三年前に家を訪れもしている。

信じた沙織の父は詐欺だと気付かず、土地の売買契約と引き換えに高額配当間違いなしの株――実態は、すぐにも倒産するだろう会社の紙切れ同然の株式だったが――を手に入れる契約書にサインしてしまう。

「話が偽物でも契約書が本物であれば、取引は一応は成立するのでしたか」

仕事をし、ビジネスについて守頭から教えてもらううちに知った知識で確認すると、彼は深くうなずいた。

父が、最後の収入源であった土地と引き換えに、紙くずを手に入れたと気付いても後の祭りである。

「そんなことをした男と同じ名前の男が、ぬけぬけと娘に結婚を申し込んでも断られるに決まっている、と三見は考えたようだ」

「まあ……そう、ですね」

土地や物件から上がる収入だけで生活が成り立つほど資産家の父は、経済界のニュースに明るくなく、守頭が本物か偽者かわからなかったのも痛手だった。

「後に詐欺が行われたと気付き、自分も被害者であることを証明するため、急ぎ京都へ向かう手続きをしていたら、新たに、君は借金と引き換えに結婚するところだという情報が入ってきて」

しかも相手は界隈で有名な女好きの御曹司。

見合い相手をつまみ食いしては断り、知らぬ存ぜぬを貫いた過去があると聞いた守頭は仕事を投げ出して京都に急いだ。

焦る気持ちを抑え御所頭本家に着いてみれば、沙織はくだんの御曹司とホテルで待ち合わせしてデートだと聞かされて。

取って返す勢いで、待ち合わせ場所のホテルに乗り込んだ。

「それが、あの日の……瑛士さんが、私の婚約者の地位を一億で買うと啖呵を切られた時のことですね」

「ああ」

額に手を当て、守頭が大きく溜息を吐く。

「これは、今すぐ結婚の約束を取り付けなければと考えてな……」

しかも当時は三見が詐欺の主犯だとまったくわからないまま、ただ、自分の名前で詐欺取引がされていると知ったばかりな状況。

「相手が誰かわからないのに、詐欺だから金を返せとは言えないし、仮に犯人が逮捕され、金を返せと裁判で決まっても、使われていれば一括で戻ってくる額でもない。放って置けば、また沙織の身柄が金で買われてしまう。なら、本当に自分が買ってもいいのではないか。婚約者の地位を、いや、夫の地位を。と思ってな」

「そう、でしたか」

もともと結婚するつもりだったから、あの啖呵が切れたのだと知りうなずくと、守頭が深々と溜息をついた。

「結婚したはいいが、今度はなにを話してどう接すればいいのかまるでわからなくてな。おまけに通常の仕事に加えて詐欺の犯人捜しもあって死ぬほど忙しいときた。……とはいえ、向き合えなかったのは事実だ。寂しい思いをさせてすまない」

だいぶ慎重な考えだが、守頭の側の状況を考えれば無理もないと思えた。

「そういう事情でしたか」

あとは現在の通りである。

三見がなぜ詐欺を働いたかについては簡単で、彼女は金遣いが荒く、ホストクラブに出向いてひと晩で五百万溶かしては姫様扱いされるのが大好きだったそうだ。

美形で稼ぎ手の夫を手にいれ、彼が海外出張している間はホストで美しい若者に囲まれ女王様気分で遊んでやろう。そう考えて守頭の妻の座を狙っていた。

が、守頭が沙織と結婚する気であると気付き、先に手を打つついでに一億もあれば当分は豪遊できる。なに、本物のテンプレートと社印を使って契約書を偽造し、名刺を一枚拝借し、子飼いのホストに守頭役をやらせれば簡単だ。

「バレる前に証拠隠滅すれば問題ない。社長秘書として大概の書類を扱えるからと、浅はかにも考えたらしい」

おまけに、守頭の結婚も潰せるし、あわよくば失恋の傷心を慰めた勢いで――な打算があった模様。

計算外は、沙織と結婚するから社長秘書を外れろと言われたことにより、守頭に隠れて沙織に嫌がらせしていたことだ。

家政婦が解雇された件も、ハウスキーパー会社の社長を上手くまるめこんで、沙織の家に家政婦を高額で派遣したことにして、守頭に架空請求し、その金を山分けしていたそう。

どうせ、箱入りお嬢様だ。一ヶ月も経たず〝家事なんてできません！〟と訴え実家に帰って離婚、となるだろう。

そう見込んでいたものの、沙織はそんじょそこらの箱入りではない。

完璧な良妻賢母となるよう、みっちり家事を仕込まれている身。

その気になれば、たらいに洗濯板でもシャツを真っ白にできる豪傑だ。

「だから、一年、家政婦がいないことに気付かなかったんですね」

逆に守頭は、そんなことはまるで知らず、家政婦が作った料理を美味しいとも言わず黙々と食べる沙織を見て、これでは料理の話から会話を弾ませるのも無理だ。じゃあどうすればいいのかわからん。となっていたりしたとか。

愛人だという件についても、守頭は三見との関係をきっぱりと否定した。三見が守頭の愛人だと沙織に吹き込んだ社員についても、社章は三見のものを貸し、名刺はこっそりフォーマットを拝借して、街の名刺屋で作成した偽社員で、三見と一緒に詐欺を働いた仲間のひとりだったらしい。

書類も、守頭の電話も三見が仕込み、あとは嘘を聞かせれば、〝愛人がいるのでしたら離婚！〟となるはずが、そうもならず——と、大分いろいろ暗躍しては、無自覚な沙織に踏み潰されたのだから、三見も報われない。

同僚の篠山あたりが聞いたら、腹を抱えて笑い転げるだろう。

やっぱり社会人経験は、就職することは人生に必要だわ。としみじみ思って居ると、不意に沙織のスマートフォンが鳴り響く。

守頭に断りスマートフォンを手に持てば、天堂逸樹と画面表示されている。

彼にもそれが見えてしまったのか、わずかに眉を寄せ唇を引き結んだ。

（これは変に誤解させないためにも、スピーカーモードにしたほうがよさそうですね）

判断し、通話ボタンとスピーカーボタンを続けて押せば、リビング中に響く声で逸樹が叫ぶ。

『沙織、大変だ！』

ああ、事件のことが伝わって、それで友人として心配しかけてきてくれたのかと思い、沙織は耳に指を突っ込み、顔をしかめる守頭に向かって苦笑しつつ口を開く。

「ええ、大変でした。でも大丈夫ですよ。三見さんもちゃんと逮捕されて、警察の方が連れていかれましたから」

紅茶を被った守頭だって、火傷ひとつなく無事だと続けようとしたが、それより早く逸樹が話を遮った。

『なんの話をしてるんだい。逮捕とか警察とか、今、ドラマを見てる場合じゃないんだけど！』

「ドラマ？　ドラマなんか見ていませんよ。そちらこそ、なんのお話です？」

まったく話がかみ合わない。

首を傾げ思案していると、逸樹が急いた口調で告げた。

『男雛の話に決まってるだろう！　君、母親に男雛の話をして、実家の倉にあるものとひと揃いになるって告げたんだろう？』

ああ、確かにそんな話もしましたねえ、と呑気に返すと、意味不明な悪態が吐かれ、その後に逸樹が説明しだす。

沙織がパリで落札した、守頭に似た有田焼の男雛が、実家にあるひな飾りのひとつであり、すべてがひな飾りとして揃うのであれば、桃の節句に飾りたいと母親に話したところ、母親はその話に大層感激し、なんて運命的なの！と、出る先々で乙女心全開の脚色で話を盛って語ったらしく。

それが巡り巡って美術商の耳に入り、そこから、落札しそこねたドイツの老夫人に話が伝わり――。

『全部揃っているなら、一億出していいと僕のオフィスに交渉をかけてきてる』

にわかに信じられない話に目をみはり、沙織が思わず一億！と呟くと、隣にいた守頭が、なぜか表情を打ち消して、自嘲するように呟いた。

――それは、俺が沙織の夫の地位を買った金額だな。と。

そして沙織は、一億を用意できたら守頭と離婚すると心に決めていた頃もあったのだと、顔色を失ったまま思い出していた。

8．離婚の行方

ひな飾りを一億で買う。

その申し出があったことを守頭と一緒に耳にしてから、どこか——例えるなら、時計のネジに砂粒が混ざり込んだように、ふたりの間がギクシャクし始めた。

身体の関係はあるが、好きだと言われたわけではない。お互い気分が盛り上がり、その流れのまま、夫婦だから関係が続いているといわれれば、そうな気がする。

もともと政略結婚で、互いに恋して結ばれているわけでもない。

そんな折に離婚の条件である一億が入るかもしれないとなれば、どちらもそれを——離婚を意識し、よそよそしい、あるいは腫れ物に触るような態度となってしまっていた。

ちょうど、アメリカやヨーロッパの企業が決算報告となる一月末に入ったことから、守頭も家を空けがちになったのも間が悪かった。

（このままでは、絶対によくない）

それは心の底からわかっている。だけど、自分の気持ちをどう言葉にすればいいのか、伝わるのか、不安で怖くて声が出ない。

守頭がいない家のリビングで、ガラスケースの中の男雛を前に、着物姿で正座したまま沙織は思考を巡らせる。

好きだから、どう伝えていいのか悩む。好きだから、怖い。

言葉は爆弾のようなもので、伝え方ひとつ、表現ひとつ間違っただけで爆発し、溝を作り、溝はたちまち亀裂になって取り返しのつかない別れになる。

それを知っているからこそ、沙織は悩む。

「離婚したく、ない。そう言っていいのでしょうか」

見ようによっては微笑んでるようにも、冷たく表情を凍らせているようにも見える男雛に問いかける。

自分から言いだしたのに、今更嫌だと言って呆れられないだろうか。嫌われないだろうか。

(そもそも、好きだと伝えてもいいのでしょうか)

守頭とは夫婦として身体の関係もあるが、好きと言われたことはない。

パリのオークションで競り勝った興奮と酔いが混ざって、互いに求め合い、そのままなし崩しに続いているだけだ。

もちろん、行為中に好きだと言われることはあったが、それは多分、妻としてであって、恋しているという意味とは違う気がする。

(離婚したくない、というのも、一億の件があったからですし。それが用意できたのなら、もう夫婦である必要はないと瑛士さんは考えているのかも)

そもそも、夫婦である必要がない理由を説明したのは他ならぬ沙織だ。

今更、嫌だと言ったとしても「必要ない、理由がない」と言われれば退くしかない。

「だけど、このままにしておくのも無理」

先方は、返事はまだか、金が不足ならまだ出せると矢の催促で、もう少し時間をと社長として交渉を粘る逸樹の表情も、日に日に曇りだしている。

「いろんな人を悩ませて、選択次第では傷つける」

だから怖い、怖くて言い出せない。守頭が好きだと。

目を閉じ、大きく息を吐いて、それから何度か深呼吸をする。

怖いけど、言わなくてはならないだろう。

——そもそも、どうして自分は離婚したかったのか。

(妻として、認めてほしかった)

だけど、彼から社交の場に誘われず、妻として家事をする他は、お稽古事。それに加え、三見からの嫌がらせ。

同じ日々の繰り返しが一生続くかと思うと息が詰まり、このまま死ぬのは嫌だと、自由になりたい、この苦しみからと思った。

だから、まず離婚しようと考えた。

形だけの夫婦、名ばかりの結婚であるなら、もう義務は果たした。

守頭は社交界に出入りを果たし、そこでクライアントを捕まえて、飛ぶ鳥を落とす勢いで会社を成長させている。

それが彼の望みなら、もう自分がいなくてもいいじゃないか。一度だって、一緒に社交の場に出たこともないのだから。結婚してようが離婚してようが同じだ——そう考えていた。

実際は、三見が裏で手を引いて、ふたりをすれ違わせていただけなのだが。

それも片付いた今、残された問題を——、自由について考える。

——違うことをしたかった。父親に反対され、制限され、できなかったことを。

働きたかったし、旅行に行きたかった。

パーティー以外のごく普通の場所で、西洋の、あるいは名も知らない国の料理を食べて、美味しいと思ったり、びっくりしたり。

誰かと一緒に料理して、遊びに行って、あれだこれだと会話して、それから恋をしたかった。

でもそれは、離婚しなければできないことだろうか。

答は否だ。

もうとっくに叶っている。叶えられている。守頭のおかげで。

だったら、離婚する必要はない。沙織は思う。だけど。

「瑛士さんも、離婚したくないと考えてくれているのでしょうか」

応えるはずもない人形に、男雛に問いかける。

端から見ると奇異な光景だが、こんなことを話せるのは守頭ぐらいしかいない。

そして守頭が当事者なら、せめても、彼に似た人形に相談するしかないではないか。

同じことを考え、悩み、思考がぐるぐる回るうち、時計の針は日付をまたいでいて。

(ちょうど今なら、ランチタイムで時間があるかも)

アメリカに行っている守頭の行動を予測した時には、袂からスマートフォンを出していて、指は無意識に彼への番号を掛ける。

電話はしなくていいと言われていた。

国際電話で時差があるから、無理に起きていなくてもいいと。だけどこんな悩みを抱えたままでは眠れないし、眠れたとしてもろくな夢を見なそうだ。

だったら、直接話すしかない本人と。

離婚したくない、とは言えない。顔を合わせずに話す内容ではないし、電話では表情がわからないから誤解を生むかもしれないのも怖い。

だからせめて、相談する時間だけは取りたいと伝えよう。

そう決意したのに、いつまで経っても守頭はでない。

諦めて通話を切って、ＳＮＳのメッセージアプリを開く。

おはよう、おやすみ、それだけの素っ気ない——一年前とまったく変わらない、業務連絡じみたやりとりばかり並ぶ中、沙織は何度か指を迷わせてから文字を入力する。


【会いたい。話したいです。旦那様】

【そちらにいる間が無理なら、帰ってきてから、私に一日ください】

【京都へいきましょう。現地で落ち合ってもいいです】

【男雛も、一緒に連れていきます】


タップして送信し、だけどやっぱり既読のマークは付かなくて。

待っている間に眠気が来て、沙織はリビングのラグの上で眠ってしまう。

翌朝、目を開けて最初にアプリを確認すれば、ごく短いメッセージが守頭から届いていた。


【予定より一日早く戻る。ただし到着は関西国際空港になる】

【土曜日と日曜日を空けておく】

【了解した】


どう思っているのかまるでわからない、素っ気ないメッセージは、多分、彼もそれだけ悩んで、沙織になにを言えばいいのか考えているのだと、そう受け取ることにした。

男雛を元の桐箱へ戻し、風呂敷につつんで、財布とスマートフォンだけハンドバッグに入れて家を出る。

着替えは実家に置いてあるから、泊まりになってもこの程度の荷物があればいい。

逆に、なにひとつ余計なものを持っていきたくなかったし、ことさら飾りたくもなかった。

だから慣れた着物を自分で着付け、髪も普段のまま梳っただけで結わずに流す。

そして羽田空港から関西国際空港まで飛行機で移動すれば、到着ゲートにはもう、守頭が手配した運転手が待っていて、彼自身は後部座席で窮屈そうに足を組み、パソコンを忙しく操作していた。

お帰りなさいませ旦那様というべきかどうか迷って、結局無言のまま乗った。

出先な上、これから実家へ行くというのにお帰りなさいはおかしいし、なにより守頭が真剣な顔でパソコンのキーボードを操作していたから、仕事を邪魔するのも悪いと思った。

黙って車の外を眺めているうちに、とうとう嵐山の奥にある沙織の実家に辿り着く。

見慣れていたはずの漆喰の壁や竹林が、変に懐かしくて心がさみしい。

来るのは一年ぶりか、一年離れていただけで懐かしいと思うなら、これより心を占めている守頭と別れたら、どれほど寂しいと思い、懐かしむだろう。

スマートフォンを取りだして、門を開けてもらおうと身動きしていると、いつのまにパソコンを片付けてしまったのか、守頭が申し出た。

「玄関まで、散策ついでに歩かないか」

「そう、ですね」

それなら車より長く守頭と居られるし、運転手もいないなら、気兼ねなくふたりの——夫婦の話ができる。

後で門を開けると約束して車を降りた守頭が、相変わらずのスマートさで沙織の側のドアをあけてエスコートする。

草履を履いた脚を降ろせば、砂利が擦れる音がわずかに聞こえた。

ここから、家までゆっくり歩けば二十分ほどだろうか。

季節が二月頭とあってか、庭木を手入れする職人の姿はもちろん、花もあまりなく、ただただ枯れ木と竹林だけが視界に広がり、その向こうに母屋の黒い屋根が見える。

ゆっくりと歩きだす守頭の二歩後ろを付いて歩く。

黙ったまましばらく歩いて、それから不意に立ち止まり、守頭はなにか決意するように空を見上げて、スーツのポケットから封筒を取り出す。

縦長で白い和紙で作られた封筒は、人妻終了宣言をしたあの日、沙織が離婚届を記入し守頭へ渡したものに間違いなくて——。

震える指で受け取り中を改めれば、止めと払いがはっきりした、間違いなく守頭の筆跡で記名がされていて、他の必要欄もすべて綺麗に埋まっていた。

息を呑み、顔を跳ね上げる。

これが彼の答なのかと悲しくなっていると、守頭が静かに告げた。

「沙織が、出したい時に出せばいい。明日でも、十年後でも、二十年後でも。……俺は、君の選択を受け入れる」

淡々としているくせに、最後だけ変に熱っぽく力強く語られて、沙織の鼓動が一瞬止まる。

「旦那、さま？」

意味を測りかねて呼び止めるけれど、彼は沙織から顔を逸らして、もう間近に見える母屋のほうを眺め、それからゆっくりと腕を出して指を差す。

「あの窓だ」

樹齢百年を超える乙女椿の側にある窓は、沙織が娘時代に使っていた部屋で、今は空のはずだった。

そんな部屋になんの意味があるのかと思えば、守頭はすごく幸せそうに微笑んで、告げた。

「初めて君を見た日、君はあそこから手を伸ばして、盛りになっている乙女椿の一枝を折ろうと屋根に身を乗り出していた」

そんなことがあっただろうか。

（いや、あった）

例年大して花を付けない乙女椿が、その日、一枝だけ見事に咲き誇っていて、どうしてもそれが欲しくて手を伸ばした。

籠の鳥が、それでも空を望んで羽ばたいてみるように、窓から落ちるほど身を乗り出して腕を伸ばして花枝に触れた時、甲高い鳥の鳴き声がして、人が来たのだと辺りを見渡して。

「そういえば！　お客様がいました。スーツをきた若い男の……あれが！」

そうだ、四年前だ。

お転婆な悪戯をしているところを見られ、気恥ずかしかったのを覚えている。

「沙織からすれば、三年前に数分話した男など覚えてなかっただろう。だが、俺は覚えていた。悪戯をごまかすように笑って、そのうえ小さく舌まで出して」

「そんなところまで……」

見られていたのかと恐縮する。

金茶の目は美しいだけでなく、視力もまた良かったのか。

だけど守頭は、それで会話を終わりにせず、まるで独り言のように続けた。

「ひと目で惹かれた。強烈に印象に残った。……灰色しかなかった俺の世界に、鮮やかな色を連れ込んで」

しばらく間を空け、守頭は自身の身の上を初めて語った。

両親は見合い結婚をしたものの、互いの野心や目標を追うことばかりに夢中で、まったく家庭を顧みず、育児を家政婦に任せるくせに、気まぐれに解雇して、だから守頭は親しい大人も、温かい家庭も知らないまま育ったと。

「ただ、成績だけはよかった。言われたことをこなしていれば、一応は息子と紹介されるから、そうやっていれば、いつかは認めてもらえるかと。……まあ、そんなことはなかったが」

言われたことを言われた以上にこなせば、優秀だ、天才だと親が喜ぶ、大人が喜ぶ、上司が喜ぶ。

その間だけ、自分はこの世界に実在すると確認できる。

就職したコンサルティングファームでも同じで、仕事を要求以上にこなす。

最初は達成感があったけれど、それもすぐ色褪せて、ただのタスクに成り下がる。

言われたまま努力し、達成すれば次の課題がやってくる。

無味乾燥の毎日が続き、嫌だと思うより早く心は老いて、世界は灰色になるまで色褪せて。

ただ生きているだけの日々を過ごす中、クライアントの要望で嵐山に別荘を探し求め、御所頭家に来て。そこで沙織を見た。

「取ってやろうかと言ったら、君は言った。自分で取りたいと。取ったものが欲しいので、誰かに取ってほしいわけではないと」

はっ──として顔を上げる。確かにそんな会話をした記憶があった。

「どうしてか、印象に残った。沙織が居る場所から色が鮮やかに広がっていくのを見て、それが感動だとわからずに、心が震えた」

ひと目惚れ、というには強く、恋というには遠い。

ただ、後になって思うのだ。

箱入りのお嬢様と聞かされていた娘が取る行動にしては意外すぎて、空に伸ばす手が今にも自由に羽ばたき空に消えてしまいそうで。

望まれるものを欲しがるのではなく、自分で手に入れたものが欲しいと、その姿が、行動が語っていて──深く共感したのだと。

「だから求婚したと」

「そうだな。だが、金の力で手に入れるのではなかったな。……君を知るごとに、君がひとりの人間で、生命力に輝く女性で、感情の豊かな心を持っていると発見するごとに、それらをまるで無視して、やくたいもない金で夫の地位を買ったことを、君の意志を踏みにじっていたことを後悔した。この半月、ずっと」

それはお互い様だと沙織は思う。

一年、なんの関係もなかった。夫婦として機能していなかった。

「私、もっとわがままに言えばよかったと思ってました。……一年、なにもないと餌を待つ小鳥みたいにぼうっと籠の中で生きているのではなくて、あれがしたいとか、こうしてほしいとか、ちゃんと伝えれば、瑛士さんとも話ができて、もっと早く夫婦らしくなれて」

離婚なんて、言い出すことはなかった。

「お互いに遠慮しすぎたな」

「でも、仕方ないですよ。ああしろ、こうしろ。そうしていればいい。そればっかり言われていたら、自分からなにか言い出すのは億劫ですもの」

「同意だ」

ふと、同時に笑い、空気が少しだけ和む。

守頭と沙織を結びつけた乙女椿は、今年はやっぱり例年通りあまり花をつけておらず、盛りの枝でも二輪ほどしかない。

だけど中に、白と赤のつがいになっている一枝があって、それがすごく綺麗に見えた。

守頭も、こんな気持ちで自分を見ていたのだろうか。沙織が思いを馳せていると、彼が静かに名を呼んできた。

「沙織」

「はい」

「離婚しても、しなくても、俺は必ず沙織と共にあるつもりだ」

守頭が確固とした口調で断じる。

「えっ……」

「側にいてほしいと言うならどんなことをしても駆けつけるし、君が笑えば一緒に笑う。たとえ笑っている場にいられなくても、その話を聞いて笑うだろう。泣きたい時には一番に側にいくから、俺の胸で好きなだけ泣いてほしい」

すべてを受容する言葉に、沙織の涙腺がたちまちに緩む。

思えば、守頭は一度だって、沙織の望む自由を否定しなかった。

働きたいと言った時も、出張に行くと言った時も、その他の、どんな細やかなことも。

（そのことに、今気付いた）

瞬きも忘れ、守頭だけを見つめていると、彼は困ったように首を傾げ、それからひどく丁寧な仕草で沙織の頬から涙を拭い取る。

「夫でなくても、夫であっても、永遠に君だけを愛する」

それは誓える。と、きっぱりと言われたと同時に、沙織は守頭に抱きついていた。

「私も、瑛士さんが好きです。大好きです、永遠に愛します」

抱きついて、それから彼の背中で、手にしていた離婚届を封筒ごと幾重にも重ねて破りを繰り返す。

花吹雪ほどに細かく紙切れとなった、離縁の証明は次から次に沙織の指からこぼれて空へ舞い上がり――。

代わりに、雪が降ってきた。

桜吹雪のように大きな雪片が髪に触れ、溶けるより早く大きく、守頭の温もりが残るコートが肩にかけられる。

そして、ようやく沙織は理解した。

どうして、パリのオークションでこの男雛に惹かれたのか、夫婦という関係になにを望んだのかを。

守頭に、夫に似た男雛を元ある場所へ、帰るべき場所へ返したかった。待っている女雛が自分のような気がして。

自由になって、そして帰る場所が欲しかった。

自由に生きる誰かの、帰る場所になりたかった。

だから、夫婦となって家を作っていくのだろう。鳥も獣も、人間も。

今までの家というくくりから自由となって、自分の責任で家を作る。

それを守頭と成し遂げたい。

幼い頃に望んだような家を、いや、もっと素敵で温かく幸せな家を。

そう思いつつ、沙織は守頭を見上げた。

「人妻、延長してもいいですか？　私の最愛の旦那様」

恥ずかしさを押し殺して、はにかみつつ小声で守頭に尋ねてみれば、彼は沙織の手を取り、甲に口づけして指を絡め言った。

「死がふたりを分かつ時まで、最愛の妻が俺だけの妻であることを願う」

エピローグ

春めいた日差しも増えてきて、庭の桃の木が満開となっていた。

暖かいそよ風が吹くたびに、ひと片、ふた片と落ちてくる花弁が綺麗で、沙織は正座したまま外を見る。

身に纏っているのは、外に咲く桃の花弁より色が薄く、雪よりほんのりと温かみのある色をした正絹の花嫁衣装。

目の前には、有田焼でできた人形たちが行儀良く並ぶ、五段のひな飾りが、なにひとつ欠けることなく飾られている。

離婚を撤回した直後、沙織は守頭から提案され、本日――三月は桃の節句に結婚式を挙げる、と決めた。

(よい天気で本当によかった)

あれこれ悩んだ末に、結局は神前式を選んだ。というのも。

「沙織、準備はできているか」

ふすまが静かに開かれ、そこから姿を現した守頭が声をかけるなり足を止め、眩しげに沙織を見つめて、微笑む。

「白無垢が、よく似合っている。……今日は雛人形より、沙織が主役だな」

床に広がる裾を手繰りつつ、膝の先を守頭のほうへ向け沙織は苦笑する。

「そんなことを言ったら、雛人形に怒られますよ。私たちの縁を再び繋いでくれたのに」

女雛しかいない。それは不吉だということで、沙織が生まれてから一度も飾られることがなかった雛人形も、フランスのオークションで見つけ、沙織が連れてきた男雛が戻り、晴れて日の目を見ることができた。

当然、ふたりを結びつけた雛人形を手放すことはできず、手元に置くことにした。

御所頭家に女児が生まれると、必ず飾ってきたという伝統は、どうやら沙織の代からまた復活しそうだ。

このために、朝早くから母と家政婦、それに父までもが総出で飾り付けてくれたのが、本当にありがたい。

なにより、守頭と一緒に見られることが嬉しい。

けれど。

「私が主役なら、瑛士さんも主役でしょう？」

言いつつ、沙織は黒の紋付き袴姿の守頭を見つめ、改めて惚れ直してしまう。

（スーツ姿も素敵だけれど、和装もすごく似合っている）

やっぱり、このために神前式にしてよかった。としみじみ思っていると、守頭が近寄ってきて、腰を屈めて手を伸ばす。

「だとしたら尚更、みんなに見てもらわないとな。雛人形より夫婦らしい俺たちの式を。……義父さんも、義母さんも待ちかねてるぞ」

「あら、もうそんな時間でしたか」

差し伸べられた手に指を添わせながら、だけど、あと少しだけふたりでいたいな、などとわがままなことを思ってしまう。

守頭も同じ気持ちなのか、大して急かす様子もない。

あの後、逮捕された三見から金を返されることはなかったが、代わりに彼女の父——製薬会社の社長をしていた——が、家を抵当に入れてまで、娘の不始末を賠償してくれた。

おかげで御所頭家の財政状況も改善した上、父も、婿——守頭という、投資の先生を得て、少しずつ利益の挙げ方や資産の運用方法を学んでいっているところだ。

逸樹も、知らないうちに秘書となった女性と付き合いだしていて、そちらは順調──というより、沙織より惚気る始末で、社員一同苦笑している。

雛人形の売却についても、守頭が話をつけにフランスまで飛んでくれて、買わせてくれとの声も収まったし、他の細々とした出来事も、驚くべき早さで解決した上、沙織の希望をあますところなく取り入れて、式と、ウエディングドレスでの披露宴を手配し、おまけに、結婚後に新婚旅行をするため、二週間の休みも取ってくれた。

なにもかも順調だ。

離婚を考えていた頃、手に入らないと思っていたすべてがある。

なにより、愛しい人が。

「旦那様」

「うん?」

守頭の手を握り、立ち上がりながら沙織は口を開く。

「もっと、夫婦らしく、幸せに、ずっと、一緒にいましょうね」

告げた途端、守頭が目を大きくし、次いで苦笑した。

「俺が言いたいことを先に言われたな」

少しだけ悔しげな守頭に、ふふ、と小さく笑い返せば、たちまちに顎を取られて顔を上向かされる。

「そういう悪い口は塞がないとな」

「あ、紅が……」

そう呟くが早いか、もう唇を塞がれていて——角度を変えながら、何度も甘い口づけをされる。

そうしてふたりは、木漏れ日と桃の花が降り注ぐ中、遅すぎると心配した秘書の初瀬川が様子を見に来るまで、甘く幸せなキスを繰り返していた——。


—完—

あとがき

こんにちは、華藤りえです。

このたびは縁あって、憧れのベリーズ文庫様で本をださせていただけ、とてもドキドキしています。

今作は、箱入りお嬢様が愛のない結婚生活に疲れ（あるいは見切りをつけて？）、離婚を申し出るものの、旦那様がそれを受け入れてくれないどころか、急に溺愛しはじめて——という物語です。

内容は本編に譲ることとして、楽しんでいただければ幸いです。

さて、ベリーズ文庫ですよ！

いや、本当にすごい大好きで、毎月、色んな作品を購入しては拝読させていただいてます。（もちろん、電子書籍のマカロン文庫も大好きです！）

その一冊に自分が加わるということで、本当にいいのかなという気持ちと、こんな話を書いてみたかったという気持ちを交互に行き来しつつ、作品を仕上げました。

普段も恋愛小説（ちょっと〝えっち〟なものを）書いてますが、やはりレーベルさんが違うと、カラーや雰囲気が違い、とても新鮮かつ勉強になりました。

今後も、一読者として、そしてできたらまた作者として、関わっていければと思います。


今作のイラストは蜂不二子先生がお受けしてくださいました。

ラフの時点から華麗で、ヒーローは格好よく、ヒロインは凜としたお嬢様な感じがでていて、とても嬉しかったです。ありがとうございました！

また、他方でご迷惑をおかけしてしまった編集様、ライター様にも深々と頭を下げたく。大感謝しております。

最後になりましたが、この本を手に取ってくださった読者様にも感謝しております。

新しい年に幸運とよろこびが沢山ありますように！

華藤《かとう》りえ

華藤りえ先生への
ファンレターのあて先

〒104-0031
東京都中央区京橋1-3-1
八重洲口大栄ビル7F
スターツ出版株式会社　書籍編集部　気付

華藤りえ先生

本書へのご意見をお聞かせください

お買い上げいただき、ありがとうございます。
今後の編集の参考にさせていただきますので、
アンケートにお答えいただければ幸いです。

下記URLまたは二次元コードから
アンケートページへお入りください。
https://www.ozmall.co.jp/enquete/IndexTalkappi.aspx?id=2301

お飾り妻は本日限りでお暇いたします
～離婚するつもりが、気づけば愛されてました～

2025年1月10日　初版第1刷発行

著　　者　華藤りえ
©Rie Katou 2025

発 行 人　菊地修一
デザイン　カバー　アフターグロウ
フォーマット　hive & co.,ltd.
校　　正　株式会社鷗来堂
発 行 所　スターツ出版株式会社
〒104-0031
東京都中央区京橋1-3-1　八重洲口大栄ビル7F
TEL　03-6202-0386（出版マーケティンググループ）
TEL　050-5538-5679（書店様向けご注文専用ダイヤル）
URL　https://starts-pub.jp/
印 刷 所　大日本印刷株式会社

Printed in Japan

ISBN 978-4-8137-1687-7　C0193

ベリーズ文庫 2025年1月発売

『ドSな年下御曹司が従順ワンコな仮面を被って迫ってきます～契約妻なのに、これ以上は溺愛致死量です！～』 佐倉伊織《さくらいおり》・著

製薬会社で働く香乃子には秘密がある。それは、同じ課の後輩・御堂と極秘結婚していること！　彼は会社では従順な後輩を装っているけれど、家ではドSな旦那様。実は御曹司でもある彼はいつも余裕たっぷりに香乃子を翻弄し激愛を注いでくる。一見幸せな毎日だけど、この結婚にはある契約が絡んでいて…!?

ISBN 978-4-8137-1684-6／定価836円（本体760円＋税10%）

『一途な海上自衛官は時を超えた最愛で初恋妻を離さない～100年越しの再愛～【自衛官シリーズ】』 皐月《さつき》なおみ・著

小さなレストランで働く芽衣。そこで海上自衛官・晃輝と出会い、厳格な雰囲気ながら、なぜか居心地のいい彼に惹かれるが芽衣は過去の境遇から彼と距離を置くことを決意。しかし彼の限りない愛が溢れ出し…「俺のこの気持ちは一生変わらない」――芽衣の覚悟が決まった時、ふたりを固く結ぶ過去が明らかに…!?

ISBN 978-4-8137-1685-3／定価836円（本体760円＋税10%）

『御曹司様、あなたの子ではありません！～双子がパパそっくりで隠し子になりませんでした～』 伊月《いづき》ジュイ・著

双子のシングルマザーである楓は育児と仕事に一生懸命。子どもたちと海に出かけたある日、かつての恋人で許嫁だった皇樹と再会。彼の将来を思って内緒で産み育てていたのに――「相当あきらめが悪いけど、言わせてくれ。今も昔も愛しているのは君だけだ」と皇樹の一途な溺愛は加速するばかりで…!?

ISBN 978-4-8137-1686-0／定価825円（本体750円＋税10%）

『お飾り妻は本日限りでお暇いたします～離婚するつもりが、気づけば愛されてました～』 華藤《かとう》りえ・著

名家ながら没落の一途をたどる沙織の実家。ある日、ビジネスのため歴史ある家名が欲しいという大企業の社長・瑛士に一億円で「買われる」ことに。愛なき結婚が始まるも、お飾り妻としての生活にふと疑問を抱く。自立して一億円も返済しようとついに沙織は離婚を宣言！　するとなぜか彼の溺愛猛攻が始まって!?

ISBN 978-4-8137-1687-7／定価825円（本体750円＋税10%）

『コワモテ御曹司の愛妻役は難しい～演技のはずが、旦那様の不器用な溺愛が溢れてます!?～』 冬野《とうの》まゆ・著

地味で真面目な会社員の紗奈。ある日、親友に頼まれ彼女に扮してお見合いに行くと相手の男に襲われそうに。助けてくれたのは、勤め先の御曹司・悠吾だった！紗奈の演技力を買った彼に、望まない縁談を避けるためにと契約妻を依頼され!?見返りありの愛なき結婚が始まるも、次第に悠吾の熱情が露わになって…。

ISBN 978-4-8137-1688-4／定価836円（本体760円＋税10%）

ベリーズ文庫 2025年1月発売

『黒歴史な天才外科医と結婚なんて困ります！なのに、拒否権ナシで溺愛不可避!?』泉野《いずみの》あおい・著

大学で働く来実はある日、ボストンから帰国した幼なじみで外科医の修と再会する。過去の恋愛での苦い思い出がある来実は、元カレでもある修を避け続けるけれど、修は諦めないどころか、結婚宣言までしてきて…!?　彼の溺愛猛攻は止まらず、来実は再び修にとろとろに溶かされていき…！

ISBN 978-4-8137-1689-1／定価825円（本体750円＋税10%）

『交際0日婚でクールな外交官の独占欲が露わになって──激愛にはもう抗えない』朝永《ともなが》ゆうり・著

駅員として働く映茉はある日、仕事でトラブルに見舞われる。焦る映茉を助けてくれたのは、同じ高校に通っていて、今は外交官の祐駕だった。映茉に望まぬ縁談があることを知った祐駕は突然、それを断るための偽装結婚を提案してきて!?　夫婦のフリをしているはずが、祐駕の視線は徐々に熱を孕んでいき…!?

ISBN 978-4-8137-1690-7／定価825円（本体750円＋税10%）

『極上スパダリと溺愛婚～年下御曹司・冷酷副社長・執着ドクター編～【ベリーズ文庫溺愛アンソロジー】』

人気作家がお届けする〈極甘な結婚〉をテーマにした溺愛アンソロジー！　第1弾は「葉月りゅう×年下御曹司とのシークレットベビー」、「櫻御ゆあ×冷酷副社長の独占欲で囲われる契約結婚」、「宝月なごみ×執着ドクターとの再会愛」の3作を収録。スパダリの甘やかな独占欲に満たされる、極上ラブストーリー！

ISBN 978-4-8137-1691-4／定価814円（本体740円＋税10%）

ベリーズ文庫 2025年2月発売予定

Now Printing

『タイトル未定（パイロット×偽装結婚）』若菜《わかな》モモ・著

大手航空会社ANNの生真面目CA・七海は、海外から引き抜かれた敏腕パイロット・透真がちょっぴり苦手。しかしやむを得ず透真と同行したパーティーで偽装妻をする羽目になり…!?　彼の新たな一面を知るたび、どんどん透真に惹かれていく七海。愛なき関係なのに、透真の溺愛も止まらず翻弄されるばかりで…！

ISBN 978-4-8137-1697-6／予価814円（本体740円＋税10%）

Now Printing

『元カレ救命医に娘ともども愛されています』砂川雨路《すながわあめみち》・著

OLの月子は、大学の後輩で救命医の和馬と再会する。過去に惹かれ合っていた2人は急接近！　しかし、和馬の父が交際を反対し、彼の仕事にも影響が出るとを知った月子は別れを告げる。その後妊娠が発覚し、ひとりで産み育てていたところに和馬が現れて…。娘ごと包み愛される極上シークレットベビー！

ISBN 978-4-8137-1698-3／予価814円（本体740円＋税10%）

Now Printing

『冷徹御曹司の旦那様が「君のためなら死ねる」と言い出しました』葉月《はづき》りゅう・著

調理師の秋華は平凡女子だけど、実は大企業の御曹司の桐人が旦那様。彼にたっぷり愛される幸せな結婚生活を送っていたけれど、ある日彼が内に秘めていた"秘密"を知ってしまい――！　「死ぬまで君を愛すことが俺にとっての幸せ」溺愛が急加速する桐人は、ヤンデレ気質あり!?　甘い執着愛に囲われて…！

ISBN 978-4-8137-1699-0／予価814円（本体740円＋税10%）

Now Printing

『鉄仮面の自衛官ドクターは男嫌いの契約妻にだけ激甘になる【自衛官シリーズ】』晴日青《はるひあお》・著

元看護師の律。4年前男性に襲われかけ男性が苦手になり辞職。だが、その時助けてくれた冷徹医師・悠生と偶然再会する。彼には安心できる律に、悠生が苦手克服の手伝いを申し出る。代わりに、望まない見合いを避けたい悠生と結婚することに!?　愛なきはずが、悠生は律を甘く包みこむ。予期せぬ溺愛に律も堪らず…！

ISBN 978-4-8137-1700-3／予価814円（本体740円＋税10%）

Now Printing

『秘め恋10年～天才警視正は今日も過保護～』藍里《あいさと》まめ・著

何事も猪突猛進！な頑張り屋の葵は、学生の頃に父の仕事の関係で知り合った十歳年上の警視正・大和を慕い恋していた。ある日、某事件の捜査のため大和が葵の家で暮らすことに!?　"妹"としてしか見られていないはずが、クールな大和の瞳に熱が灯って…！　「一人の男として愛してる」予想外の溺愛に息もつけず…！

ISBN 978-4-8137-1701-0／予価814円（本体740円＋税10%）

タイトル、価格等は変更になることがございますのでご了承ください。

ベリーズ文庫 2025年2月発売予定

Now Printing

『ベリーズ文庫溺愛アンソロジー』

人気作家がお届けする〈極甘な結婚〉をテーマにした溺愛アンソロジー第2弾！　「滝井みらん×初恋の御曹司との政略結婚」、「きたみ まゆ×婚約破棄から始まる敏腕社長の一途愛」、「木登×エリートドクターとの契約婚」の3作を収録。スパダリに身も心も蕩けるほどに愛される、極上の溺愛ストーリー！

ISBN 978-4-8137-1702-7／予価814円（本体740円＋税10%）

Now Printing

『捨てられた恥さらし王女、闇落ちした異国の最恐王子に求婚される』朧月《おぼろづき》あき・著

精霊なしで生まれたティアのあだ名は"恥さらし王女"。ある日妹に嵌められ罪人として国を追われることに！　助けてくれたのは"悪魔騎士"と呼ばれ恐れられるドラーク。黒魔術にかけられた彼をうっかり救ったティアを待っていたのは——実は魔法大国の王太子だった彼の婚約者として溺愛される毎日で!?

ISBN 978-4-8137-1703-4／予価814円（本体740円＋税10%）

ベリーズ文庫with 2025年2月発売予定

Now Printing

『君の隣は譲らない』　佐倉伊織《さくらいおり》・著

おひとりさま暮らしを満喫する26歳の万里子。ふらりと出かけたコンビニの帰りに鍵を落とし困っていたところを隣人の沖に助けられる。話をするうち、彼は祖母を救ってくれた恩人であることが判明。偶然の再会に驚くふたり。その日を境に、長年恋から遠ざかっていた万里子の日常は淡く色づき始めて…!?

ISBN 978-4-8137-1704-1／予価814円（本体740円＋税10%）

Now Printing

『恋より仕事と決めたのに、エリートな彼が心の壁を越えてくる』宝月《ほうづき》なごみ・著

おひとり様を謳歌するため、憧れのマンションに引っ越したアラサーOL・志都。しかし志都が最も苦手とするキラキラ爽やか系エリート先輩・昴矢とご近所になってしまう。極力回避したかったのに…なぜか昴矢と急接近!?　「君を手に入れるためなら、悪い男になるのも辞さない」と不器用ながらも情熱的な愛を注がれて…！

ISBN 978-4-8137-1705-8／予価814円（本体740円＋税10%）

タイトル、価格等は変更になることがございますのでご了承ください。